Rosa P. de Terán,
¡ahora o nunca!

Rosa P. de Terán, ¡ahora o nunca!

Melodrama político

Alberto Julián Pérez

Riseñor Ediciones

gatekeeper press

Columbus, Ohio

Rosa P. de Terán, ¡ahora o nunca!: Melodrama político

Published by Gatekeeper Press
2167 Stringtown Rd, Suite 109
Columbus, OH 43123-2989
www.GatekeeperPress.com

Library of Congress Control Number: 2020938827

ISBN (paperback): 9781662901393
eISBN: 9781662901386

Índice

Primera parte

Villa Constitución, agosto de 1963.

Los dos obreros, padre e hijo, salieron juntos de la fábrica y fueron hacia el barrio fabril cercano. Atrás quedaron las chimeneas y los galpones. Ya estaba anocheciendo. Caminaron por las calles del barrio obrero, entre las casas sencillas e iguales. Entraron en una de ellas. La mujer de la casa, luego de recibirlos, volvió a la cocina donde preparaba la cena para la familia. Ellos dejaron la ropa de trabajo y fueron a lavarse.

- ¡Ay, qué cansado estoy! - dijo el padre, tratando de distender sus músculos doloridos mientras se sentaba a la mesa.

- ¿Mucho trabajo ? - preguntó su esposa, una señora madura, de formas abundantes. Su rostro, aún bastante fresco, tenía rasgos regulares. Su cuerpo grueso mostraba principios de obesidad.

- Nos están dando con todo… - dijo el hombre - Nos hacen trabajar cada vez más rápido. Hay un supervisor de producción que es lo último.

- Bueno, también Uds. tienen la culpa, papá - afirmó el hijo, que en ese momento entraba en la cocina y había escuchado la conversación. Era un joven delgado, moreno, de aspecto tímido; tenía unos veinticuatro o veinticinco años.

- ¿Nosotros tenemos la culpa? - protestó el padre - ¡Pero escuchalo Rosa!

- Eduardo, no le faltés el respeto a tu padre - dijo la señora, mientras ponía la mesa.

- No le falto el respeto, mamá - aclaró Eduardo - estamos conversando.

- ¿Pero cómo me vas a decir que nosotros tenemos la culpa ? - insistió el padre - ¿Me querés decir que nos matamos trabajando porque nos gusta ? ¿Quién fija el tiempo de producción? ¿Sabés lo que le pasó al negro Oliva la semana pasada, sabés lo que le pasó ?

- Sí, sé lo que le pasó - dijo Eduardo.

- ¿Sabés lo que le pasó ? A ver, ¿qué le pasó ? - preguntó el padre.

- Se cortó un dedo - dijo el hijo.

- Sí, una máquina le cortó un dedo.

-¿Una máquina le cortó un dedo a Oliva ? - exclamó la señora, disponiéndose a servir la comida - ¡Ay, pobre muchacho ! ¿Escuchaste, nena ?

- Sí, mamá - respondió la hija, que se estaba peinando el cabello en el espejo del paso - Oliva, el que está casado con la Pocha.

- ¡Pobre muchacho ! - dijo la señora.

- Y entonces - insistió el padre, dirigiéndose a su hijo - ¿cómo me vas a decir que nosotros tenemos la culpa ?

- Indirectamente la tienen - le aclaró el hijo - se dejan engañar por los Delegados del Sindicato. Esos tipos hacen lo que quieren.

- ¿Hacen lo que quieren? - exclamó irritado el padre - ¡Decímelo a mí, mirá que novedad !

- ¿Y por qué ? - dijo el hijo, inclinando su cuerpo para mirar a su padre en la cara, mientras su madre le servía la comida, pasando frente a él un brazo grueso y fláccido - ¿No se dieron cuenta todavía que son todos unos vendidos ? La patronal dice : " Trabajen más rápido, tienen que producir más", y ellos responden : "¡Está bien !", ¡Ningún problema, les pasan una coimita y asunto arreglado! Despúes la gente tiene accidentes, ¿cuánto le van a dar de indemnización al negro Oliva ?

- Le van a dar una miseria, se sabe - dijo el padre, encogiéndose de hombros - El seguro por accidente que tenemos es una porquería.

- ¡Mirá vos, tener que trabajar sin un buen seguro, sabiendo que con esas máquinas siempre ocurren accidentes ! - dijo Eduardo.

- ¡Ay, por favor, Juan - exclamó la esposa, alarmada - tené cuidado, no te vaya a pasar algo a vos !

- No te hagás problema - la tranquilizó el marido - si no me pasó nada en veinte años… Pero escuchame, Eduardo - dijo, dirigiéndose a su hijo - ese no es ningún secreto, viejo, todo el mundo sabe que la dirección de este sindicato se deja comprar cuando le conviene, pero… ¿qué querés que hagamos ? Vos hablás porque hace pocos años que trabajás en la fábrica, ¿cuánto hace, tres años ?

- Tres años…

- Pero yo hace veinte años que trabajo allí - continuó el hombre - veinte años ensamblando chapas, ajustando tuercas, ¿vos sabés las cosas que he visto ? ¿Sabés cuántos delegados pasaron ? ¿Y cuándo intervinieron la fábrica los milicos? No te imaginás lo que fue eso. Y creeme, ¡son pocos los que valen ! El flaco Ibarra, ese era buen tipo, el flaco quería hacer algo como la gente, él organizó la campaña para que pagaran doble las horas extras, como en tiempos de Perón, ¿y sabés lo que le hicieron ?

-¿Qué le hicieron ? - dijo Eduardo.

-¿Te das cuenta que no sabés ? ¿Para qué hablás si no sabés ? - dijo el padre, indignado - Lo atropellaron con un auto a la salida de la fábrica y le quebraron una pierna.

-¡Hijos de puta ! - estalló el hijo - ¿Quiénes fueron?

-¿Quiénes ? ¿Y quiénes van a ser ?...Tipos pagados por el Sindicato, eso es lo que todo el mundo cree. Seguro que la Patronal les dio unos pesos roñosos a la comisión directiva y les pagaron a unos matones para que hicieran el trabajo sucio. Aunque la gente lo sabe, nadie pudo decir nada, porque si alguno decía algo sabía que le podía pasar algo parecido y… ¿quién quiere tener un accidente ? - dijo el padre -¿quién le iba a dar de comer a mis hijos y a mi esposa si a mí me pasaba algo ? Después de lo que le ocurrió al flaco nadie dijo más nada sobre el pago de las horas extras, estábamos todos asustados. No se volvió a hablar del asunto hasta los paros que fueron mucho tiempo después…

- ¿En el 59 ? - dijo Eduardo.

- Sí, en el 59 - respondió el padre, sorprendido - ¿vos te acordás ?

- Sí, ¿cómo no me voy a acordar ? No fue hace tanto. En el trabajo que yo tenía en esa época nos organizamos para ayudarlos.

-¡No me digas ! Tres días después que habían empezado los paros declaramos la huelga - explicó el padre - La Patronal decía que era ilegal. Los milicos hacían lo que ellos querían. Los delegados nos jodían con que entráramos a trabajar, nos asustaban, eran todos Radicales. Estaban con el gobierno. Nos decían que si no entrábamos a la fábrica íbamos a perder el trabajo, y mirá vos, ¡ahora que me acuerdo, por Dios, se me revuelven las tripas del asco ! Se pusieron de acuerdo con la patronal los guachos. Mandaron unos rompehuelgas, ¿podés creer ? Aunque yo nunca fui militante, tengo la camiseta peronista bien puesta, como corresponde.

-¡Qué hijos de puta!

- ¡Bien hijos de puta ! Cuando nosotros nos enteramos que ellos mismos habían mando a los rompehuelgas para asustarnos y que entráramos a trabajar, ¿sabés lo que les hicimos ? El Pelusa, el Gordo y los hermanos Sánchez se escondieron en el baldío que está al lado de la fábrica y esperaron a que pasaran dos de los carneros, los agarraron y por Dios, ¡les dieron una paliza !, ¡ay, mamita mía, qué paliza les dieron ! A uno lo hicieron hablar, le preguntaron : " ¿quién te mandó a trabajar, no sabés que estamos en huelga ?".

- ¿Qué contestó ?

- Imaginate : "¡Nos mandó Esquilante !". Así dijo.

- ¡Esquilante ! - exclamó Eduardo, indignado - Mirá vos, eso lo tendrían que saber todos.

- Lo saben todos - afirmó el padre.

- Yo no lo sabía - dijo Eduardo.

- Bueno - dijo Juan, levantando los hombros - si no hubiera sido él, hubiera sido otro. Los Radicales se habían complotado con los milicos contra nosotros.

- ¿Por qué no comen? ¡Se enfría la comida! - se quejó la madre, viendo los platos casi intactos - ¡Nena - llamó, dirigiéndose a su hija, que no salía del baño - acabá ya de arreglarte y vení a comer, si no yo no termino nunca !

- ¡Sí, mamá, ya voy ! - respondió la hija, sin cumplir la promesa.

- Pero papá - dijo Eduardo, continuando con la discusión y haciendo caso omiso al pedido de la madre - Uno no se puede cruzar de brazos. Tenemos que encontrar la manera de hacer algo.

- En los últimos años fue imposible - se justificó el hombre - Yo opté por hacer mi trabajo y quedarme tranquilo. Si querías cambiar algo te la daban por la cabeza. Vos te acordás lo que fue el gobierno de Aramburu.

- ¡Pero vos no fuiste siempre así, papá ! - protestó el hijo.

- He visto mucho, hijo, soy viejo… - dijo el padre, con resignación.

- Pardán es viejo pero no piensa como vos - insistió Eduardo.

- ¿Pardán ? - dijo su padre, reaccionando - Tené cuidado con ese tipo, que no te llene la cabeza, ese es comunista.

- ¿Con quién te metés, nene ? - exclamó su madre, al escuchar la palabra "comunista" - ¡Tené cuidado con los comunistas !

- Será comunista - dijo Eduardo a su padre - pero hay que escucharlo hablar.

- ¡No te digo, Juan - estalló la madre, al oír a su hijo - los comunistas con la lengua te envuelven a cualquiera !

- Callate, Rosa, haceme el favor - dijo el marido, malhumorado - esta es una discusión entre hombres.

- Ah, sí ¿y yo qué ? ¿yo no cuento ? - protestó la mujer.

- Cuando vos discutís sobre moda o sobre costura con tu hija yo no me meto - argumentó su esposo.

- ¡Bueno, pero no es lo mismo! - dijo ella - Es mi hijo ¿no ?, ¡si vos no sabés aconsejarlo, yo lo voy a hacer!

- Yo lo sé aconsejar, no te preocupés - dijo el hombre, gesticulando - yo mismo voy a hablar con Pardán y le voy a decir que no trate de inculcarle nada raro porque va a tener un problema conmigo.

- ¡Vos sabés lo que les hacen - dijo Doña Rosa, asustada, llevándose la mano a la sien - les lavan la cabeza!

- Sí, ya lo sé - la tranquilizó su esposo - ahora dejanos seguir la conversación.

- ¡Al final, para lo único que sirvo es para hacer de sirvienta! - exclamó Doña Rosa, enojada.

- Mirá papá, no tratés de disfrazar las cosas - dijo el hijo - Vos sabés que yo no soy un chico, así que no me tratés como a un chico. Si vos sos un fracasado y no tenés respuesta ante lo que está pasando, hay otra gente que sí la tiene, y si vos no los escuchás, yo los escucho.

- ¿Yo soy un fracasado ? - reaccionó Don Juan - ¡Mirá, tu padre siempre ha llevado la cabeza bien alta ! - dijo, dejando el cubierto sobre la mesa y agitando el índice por delante de la cara de su hijo - Hablá con quien quieras, y metete en problemas, ¡pero yo no te voy a ir a ayudar, no!

En ese momento la hija entró por fin en la cocina.

- Tarde pero segura. Yo podés servirme, mamá.

- ¡Nena, ya era hora - protestó la madre - la comida está fría !

- Aquí estamos hablando de dos cosas diferentes - prosiguió Eduardo - Vos no creés en la lucha, yo creo en la lucha. Si tenemos delegados vendidos, uno tiene que buscar nuevas opciones. Hay otras formas de organizarse.

- Ay, mamá ¿qué discuten ? - preguntó la hermana de Eduardo, una chica de aspecto sencillo, pero bastante bonita.

- Política, nena - dijo Doña Rosa, sirviéndole la comida a su hija - ¡por qué no cambiarán la música, estoy tan cansada de oír hablar de política ! Yo lo único que sé es que la plata cada vez alcanza menos.

- ¿Ah, sí? Decime, ¿cómo te vas a organizar ? - preguntó el padre al hijo.

- Tenés que tener un programa, vincularte a un partido político, militar - aseguró Eduardo.

- Tendrían que estar ellos cocinando y limpiando la casa para saber lo que es esto - se quejó Doña Rosa, dirigiéndose a la hija.

- ¡Rosa, por favor ! - estalló su marido - Vos te quejás porque tenés que lavar los platos, ¿y yo qué tengo que decir ? Cuando nosotros salimos temprano para la fábrica, ¿vos no te quedás durmiendo acaso?

- Pero cuando Uds. miran televisión a la noche yo estoy lavando platos - se defendió Doña Rosa.

- Mamá tiene razón - intervino la hija - ¿quién lava la ropa, quién hace las compras ? Las mujeres no paramos, no tenemos descanso.

- ¡Lo único que faltaba, otra rebelde más ! - dijo el padre - ¡Vos qué hablás, Carmen, si en la vida limpiaste nada !

- ¿No le ayudo a mamá ? - atacó Carmen - ¿No trabajo todos los días en la oficina ?

- ¡Trabajo, trabajo! - dijo el padre, con un gesto despreciativo - Escribir cartas.

- ¡Bien útil que soy, y por eso me pagan mi sueldo ! - exclamó Carmen - Pero a mamá ¿quién le paga sueldo, qué vacaciones tiene ? ¡y trabaja como una burra!

- ¡Ah, sí, está bien, ahora es mi culpa también! - dijo el padre, algo divertido ante la reacción de su hija.

- Yo no digo que vos tengas la culpa - le explicó la muchacha - pero quisiera saber cómo reaccionarías si ella te manda a vos a que te calles la boca.

- Nena, mirá, ¡no seas insolente! - dijo el padre.

- Carmen - terció la madre - por favor, callate.

- No me callo nada - dijo con rebeldía Carmen - ¡estoy cansada de que los hombres siempre nos basureen!

- Para mí que hoy te peleaste con tu novio - se burló el padre.

- ¡Ah, sí - dijo Carmen - cada vez que digo la verdad me querés hacer pasar por loca!

- ¡Bueno, esto se acabó - gritó Don Juan, golpeando con su puño en la mesa para imponer su autoridad - todo el mundo se calla la boca y a comer!

Comieron en silencio por un rato. Doña Rosa puso una fuente de ensalada en el centro de la mesa y volvió a pasar los tallarines con estofado, por si querían servirse más. De pronto sonó el timbre de la puerta de calle.

- ¿Quién es? - preguntó Don Juan, alzando la voz, sin dejar la mesa.

- ¡Juan, soy yo, Manuel! - respondió una voz al otro lado de la puerta.

- ¡Entrá Manuel!

Se abrió la puerta y entró un obrero como de unos cuarenta y cinco años, con su ropa de trabajo bastante sucia y las manos llenas de grasa.

- ¿Qué pasa? - preguntó Juan al ver el aspecto de su compañero.

- Problemas en la fábrica - respondió Manuel.

- Hablá, ¿qué pasó? - dijo Juan.

- No sé si decirlo delante de tu familia - explicó el obrero - están todos en la mesa…

- Hable, por favor - pidió Doña Rosa, angustiada.

- Un accidente en el turno noche…

- ¡Carajo! - exclamó Juan.

- ¿Quién? - preguntó Eduardo.

- Maitena, el que trabaja en montaje…

- ¿Qué le pasó? - dijo Juan.

- Un balancín le agarró la mano derecha.

- ¿La mano? ¡Jesucristo! - exclamó Juan, haciendo un gesto de dolor.

- La mano derecha, se la cortó limpita.

-¡Sabía que esto, tarde o temprano, iba a pasar! - dijo Eduardo.

- Es una desgracia tremenda, ya no va a poder trabajar - dijo Manuel - Quedará lisiado.

- ¡Qué desastre! - dijo Doña Rosa - Pobre la señora, tiene tres hijos.

- ¿Y qué van a hacer? - preguntó Juan.

- ¡¡Qué vamos a hacer, todos!! - remarcó, enfáticamente, Manuel.

- Sí, todos, claro - dijo Juan.

- Yo también, Manuel - dijo Eduardo.

- Seguro pibe, vos también. Por lo pronto, estamos formando un comité para recaudar fondos y entregárselos a la familia, no tienen ahorros…

- ¿Cómo van a tener ahorros? - exclamó Doña Rosa - Dígamelo a mí, si la plata no alcanza.

- Al menos que tengan para ir viviendo por ahora y hacerle frente a los gastos que se presenten. Estamos pensando en entregar un petitorio al Sindicato para hacerle un juicio a la Patronal.

- Sí, es buena idea - dijo Juan.

- ¿Qué están diciendo, papá? - intervino Eduardo - ¿las autoridades del Sindicato enfrentarse a la Patronal? Van a arreglar el juicio de antemano.

- ¿Y qué otra cosa querés hacer? - le preguntó el padre.

- Bueno, en vez de ponernos a discutir por qué no vamos a lo de Román - terció Manuel - Los muchachos quedaron en reunirse allí.

- Sí, vamos - dijo Juan, levantándose de la mesa.

- ¿Se van, me dejan la comida? - preguntó Doña Rosa, viendo que la cena se interrumpía.

- Esto es importante, Rosa - dijo su esposo.

- Sí, ya lo sé - se conformó la mujer - Pobre muchacho, qué desgracia. ¿Les hago unos sánguches con la carne y se los pongo en un paquetito?

- No, está bien, Rosa, allá va a haber algo para picar, no te hagás problema - la tranquilizó su esposo.

- No te preocupes, mamá - dijo Eduardo, despidiéndose de ella con un beso en la mejilla.

- Bueno, ¿van a volver muy tarde?

- No se preocupe, Sra. - dijo Manuel - vamos a organizar un fondo de ayuda nada más.

Carmen metió la mano en su cartera y, sin abrir el puño, lo extendió hacia su padre.

- Tomá, papá - le dijo.

- ¿Qué me das? - preguntó el padre, sorprendido.

- Plata para la colecta - respondió su hija - Y decile a tus compañeros que te la dio tu hija, que se la ganó trabajando.

- Seguro - dijo el hombre, conmovido - Un beso.

- Chau, no se acuesten tarde - les recomendó Eduardo a las dos mujeres, mientras dejaban la casa.

- Dios quiera que esto no traiga cola - susurró, preocupada, Doña Rosa, viendo como los hombres desaparecían en la calle.

Llegaron a la casa de Román, una vivienda similar a todas las otras del barrio fabril. Llamaron a la puerta y entraron. Ya había varios obreros en la sala.

- Buenas noches, muchachos - saludó Juan - ¿cómo va todo?

- Para mí, mal - respondió un hombre de abdomen voluminoso y gran papada - ¿Qué podemos hacer? Muy poco.

- Escuchá, Gordo - dijo otro, dirigiéndose al que había hablado - no seas pesimista. Juntemos plata. Que cada uno ponga lo que pueda. Hay que hacer juicio. Si lo ganamos le darán una buena indemnización.

- ¿Y si no? - preguntó el Gordo.

- Bueno, mirá, hacemos lo que podemos, ¿no? - exclamó un hombre bajito.

- La empresa no se toma en serio la seguridad de los obreros - argumentó Eduardo - ¿Cómo puede ser que trabajemos en las condiciones que lo hacemos, sabiendo que siempre ocurren accidentes?

- Eso no lo podemos arreglar ahora - dijo uno - hay que ser prácticos.

- ¿Uds. se piensan que los de nuestro Sindicato les van a hacer un planteo serio a los de la Patronal? - insistió Eduardo.

- Si se lo pedimos, ¿por qué no? - respondió su padre.

- ¿ No se dan cuenta que este Sindicato no está con los obreros? - gritó Eduardo, enojado.

- ¿Y con quién está entonces? - dijo un obrero.

- ¡Defiende los intereses de la Patronal! - dijo Eduardo, haciendo un ademán de disgusto.

- Exagerás, Eduardo - lo interrumpió un joven - Podrán estar vendidos, pero nos representan a nosotros. Si todos los miembros los presionamos van a tener que aflojar y hacer lo que les pedimos. Los amenazamos con romper los carnets del Sindicato, ¿el trabajo de quién van a negociar entonces?

- Mirá - siguió Eduardo - Supongamos que le hacemos un juicio a la fábrica. Las condiciones de seguridad del trabajo son pésimas, ¿y a quién le importa? ¿Creen que se lo vamos a ganar?

- Sí, ¿por qué no?

- ¿Uds. se creen que los jueces, que les hacen los mandados a los milicos, nos van a dar la razón a los trabajadores? - insistió Eduardo.

- Si el derecho está de nuestro lado, nos tienen que dar la razón - dijo su padre .

- Para eso hay leyes - dijo otro.

- ¡Leyes, leyes! - exclamó un hombre mayor, levantando los brazos con indignación - ¡Para lo único que las usan es para dárnoslas por la cabeza!

- Esas leyes no sirven - argumentó Eduardo, viendo que tenía un defensor - Se las hacen a gusto de ellos, pagan y les aprueban las leyes que quieren, siempre en contra de los trabajadores.

- Bueno, compañeros, no nos vayamos por las ramas - dijo quien parecía ser el dueño de casa, cansado de la discusión - Aquí nos reunimos para ayudar a la familia de Maitena, ¿no? Eso es lo importante en este momento.

- Sí, por ahora sí, pero…¿y mañana? - porfió Eduardo.

- ¿Qué querés decir?

- Si mañana se accidenta otro, ¿vamos a hacer otra colecta? ¿y vamos a pedirle al Sindicato que le haga otro juicio a la Patronal?

- En el juicio capaz que le echan la culpa al obrero - dijo el que antes había protestado sobre las leyes - Pueden decir que estaba borracho, poner un testigo falso.

- Y aunque ganemos el juicio - dijo Eduardo - ¿cuánto lleva el juicio?

- No seas derrotista, viejo – exclamó el dueño de casa - ¿qué querés que hagamos? No pedimos el juicio entonces.

- ¡No, el juicio hay que hacerlo! - dijo Eduardo.

- ¡No ves, estamos todos locos! - dijo Román - Si pedimos el juicio decís que no sirve para nada, si no lo pedimos decís que sí, que hay que hacerlo. ¿Quién te entiende a vos? ¿En qué quedamos?

- Lo que quiero decir es que con el juicio no es suficiente - precisó Eduardo - Tenemos que hacer algo más.

- ¿Qué más querés hacer? - intervino su padre.

- Nos tienen que dar una cobertura médica acorde con el riesgo del trabajo y aumentar las indemnizaciones por accidente.

- ¡No lo vas a conseguir! - exclamó Román - ¡Estás soñando!

- Lo tienen que dar - insistió Eduardo - Mañana va a haber otro accidentado y vamos a estar en la misma. Podés ser vos, puedo ser yo, puede ser mi viejo.

- Mirá - dijo el Gordo - cuando le digamos a los delegados que pidan más cobertura médica y un aumento de las indemnizaciones por accidente vas a ver el lío que se arma. Van a decir que si pedimos mejoras la patronal va a empezar a echar gente.

- ¡A echar gente! - dijo otro - ¡Eso si ellos empiezan a alcahuetear!

- ¿Se dan cuenta? No podemos hacer nada - concluyó Román - Nos van a acusar de revoltosos, de crear problemas, y nos vamos a quedar sin trabajo, ¡entonces sí que vamos a estar jodidos!

- Esto no pasaba en tiempos de Perón - dijo otro.

- Miren - dijo el Gordo - si tenemos trabajo, por lo menos sabemos que podemos mantener a la familia. Tenemos que cuidarnos y no nos va a pasar nada.

- No seamos ilusos - advirtió Eduardo - cada vez nos hacen trabajar más rápido, ¿cómo creen que podemos estar libres de accidentes? ¿Se piensan que Maitena es estúpido y por eso el balancín le cortó la mano?

- Es cierto - dijo uno - Nos exigen más de lo que podemos. Uno termina muerto, por eso pasan los accidentes.

- ¿No nos estamos yendo por las ramas? - dijo el Pelusa - Nos habíamos reunido para hacer una colecta y ayudar a la familia de Maitena, y ahora salimos con que tenemos que pedir más indemnización y que saquen el control de tiempo.

- Tenemos que ser previsores, Pelusa - dijo Eduardo - Si nosotros no nos defendemos, ¿quién lo va a hacer?

- ¡Defendernos, defendernos! - exclamó Juan - ¡Vamos a terminar perdiendo el trabajo!

- El trabajo lo vamos a perder si no reaccionamos - dijo Eduardo - ¡Nos van a terminar matando a todos!

- ¡No seas exagerado, che! - lo reprendió Román - ¡Decile a tu hijo que hable menos, Juan, dice barbaridades!

- Ya estuvimos discutiendo con él durante la cena - dijo el padre - Es Pardán el que le llena la cabeza con sus discursos.

- ¿Pardán? ¡uy no, pibe, no nos vengás con problemas, mirá que Pardán es comunista! - dijo el dueño de casa - Si piensan que él anda detrás de esto nos echan a todos.

- Yo tengo mis propias ideas - se defendió Eduardo - qué comunista ni comunista, ¿no se dan cuenta que si nos cruzamos de brazos va a ser cada vez peor? ¡Nos van a quitar todas las conquistas que se ganaron en el pasado!

- ¿Y vos que sabés del pasado? - dijo Román - ¡En tiempos de Perón vos era un mocoso!

-¿Y qué tiene que ver eso? Yo sé lo que pasó porque leo, me informo.

- Uy, no, no nos vengás con libros ahora - dijo Juan – Tenemos un problema concreto, el accidente.

- Mirá - dijo Román - Si vas a andar con comunistas abrite del grupo, después vamos a caer todos por culpa tuya.

- Uds. tienen miedo - dijo Eduardo - Este es el momento. Cuando quieran reaccionar va a ser tarde.

- Bueno, en vez de discutir sin sentido - propuso Juan - ¿por qué no concretamos y formamos un comité obrero para hacer la colecta?

- ¿Cómo vamos a formar nosotros solos un comité? - protestó un obrero - ¿Por qué no lo organizamos mañana en la fábrica, durante el almuerzo, cuando estén todos los compañeros presentes?

- Me parece buena idea - dijo Román, convencido - Nosotros no representamos a todos los compañeros de la fábrica.

- Sí - acordó el Gordo - yo opino lo mismo.

- ¿Estamos todos de acuerdo? - preguntó Román al grupo.

Todos se miraron y asintieron con la cabeza.

- Sí, lo formamos mañana a la hora del almuerzo – dijo Juan.

La reunión se dispersó. Padre e hijo, enemistados por la discusión, regresaron a su casa sin pronunciar palabra.

A la mañana siguiente, temprano, los obreros del turno diurno entraron a trabajar. Sonó la sirena y la fábrica de piezas de automotores inició su jornada. Las líneas de ensamblaje se movieron lentamente y los obreros, cada uno en su puesto, iban cumpliendo su esforzada y rutinaria labor.

A mediodía se encontraron en el comedor. Todos hablaban del desgraciado accidente que había tenido el compañero Maitena. El grupo de Román y Juan Terán improvisó una reunión; anunciaron que querían crear un comité de ayuda para la familia de Maitena. Pronto la discusión se volvió acalorada. Eduardo argumentó que el problema era demasiado importante como para liquidarlo con un simple comité de "beneficencia". Su idea fue bien recibida por algunos obreros. Uno de ellos propuso hacer una reunión general en el Sindicato para discutir el tema.

- Esta bien que se forme un comité para juntar plata para la familia de Maitena - dijo - pero necesitamos llevar este problema al Sindicato y que participen todos los compañeros. Esto nos importa a todos.

- Coincido - aceptó Eduardo - Pidamos una Asamblea.

Uno de los delegados sindicales, un hombre poco popular entre los obreros, por la actuación cuestionable que había tenido en un paro, se acercó al grupo, bastante alarmado.

- Muchachos, ¿no les parece que se están apurando mucho? - dijo -Yo soy el Delegado, y me eligieron para representar a todos los compañeros. Hay un procedimiento a seguir. Yo, como Delegado, voy al Sindicato, explico a las autoridades lo que Uds. plantean y ellos decidirán lo que conviene hacer, y nos dirán si llaman a una Asamblea o no.

- Sí, claro - dijo Eduardo - Vos sos el Delegado, pero nosotros somos los obreros de la fábrica. El problema lo tenemos ahora. Si esperamos que los del Sindicato decidan, van a pasar tres meses antes que hagamos la Asamblea, ¿y mientras tanto qué?

- ¡Tiene razón, tiene razón - asintió uno, acalorado - hay que hacer la Asamblea pronto!

- ¡ Yo propongo que esta noche, a la salida del turno - dijo otro - vayamos todos los obreros al Sindicato y planteemos esto en nombre de toda la fábrica!

- ¿En nombre de toda la fábrica? - reaccionó el Delegado - ¿quién te dio permiso a vos para decidir por los demás compañeros? Aquí el Delegado soy yo. ¿Para qué están los reglamentos del Sindicato?

- ¡Qué reglamentos ni reglamentos! - dijo Eduardo - Nosotros esta noche nos vamos al Sindicato. Si te gusta bien, y si no también. Si vamos a dejar que vos decidás, estamos fritos.

- ¡Pero es en contra de los reglamentos! - insistió el Delegado.

- Nos limpiamos el culo con los reglamentos - dijo otro.

- ¡Muchachos - dijo Eduardo, dirigiéndose a los compañeros del comedor que no se habían acercado a la reunión - corran la voz que esta noche, después del trabajo, todos los de nuestro turno vamos al Sindicato!

- ¿Cómo saben si todos están de acuerdo? - preguntó el impopular Delegado, recurriendo a una última estratagema.

- ¡Que levanten la mano los que estén de acuerdo! - dijo Román.

Casi todas las manos de los presentes se levantaron.

- ¿Ves viejo, te convenciste ahora? - dijo Eduardo al Delegado, con tono de triunfo.

Sonó el timbre para regresar a la línea de trabajo y los obreros se dispusieron a dejar el comedor.

- Yo se los decía por el bien de Uds. - dijo el Delegado, derrotado.

Los obreros ya estaban saliendo y ni siquiera se molestaron en contestarle.

Esa noche, tal como habían convenido, un nutrido grupo de obreros se dirigió al Sindicato. Entraron en el local y en pocos momentos atestaron el amplio hall de la vieja casona que había sido transformada en sede del Sindicato. El encargado del local quedó muy sorprendido al ver tanta gente a esa hora, cuando los directivos ya habían terminado su horario de atención de los problemas sindicales.

- Bueno, muchachos - demandó el encargado - ¿qué se les ofrece?

- ¡Queremos hablar con el Secretario General del Sindicato! - dijo un obrero.

- ¿Con el Secretario General? - balbuceó el encargado - ¿Cómo van a hablar con el Secretario General a esta hora? Ya se fue a su casa y no viene hasta mañana.

- Llámelo - gritó otro, exacerbado - tenemos cosas importantes que discutir.

- ¿Cosas que discutir? - preguntó el encargado, intimidado por el grupo de obreros - ¿Qué cosas tienen que discutir? ¿Por qué no hacen un petitorio?

- No, sin petitorio - dijo Eduardo - queremos que se haga una Asamblea hora.

- Ahora no muchachos, es imposible - argumentó el hombre - ¿Pero qué les pasa, están locos?

- ¡Qué locos ni locos, gordito - gritó uno, amenazante - tené cuidado con lo que decís!

- ¡Muchachos, no me metan en problemas! - aclaró el encargado, temiendo la violencia del grupo - ¿Uds. creen que se mandan solos?

- Nosotros queremos que venga el Secretario.

- Bueno - porfió el encargado - por qué no empiezan por explicarme la cuestión a mí. Yo soy el encargado del local a esta hora.

- No - dijo un obrero - que venga el Secretario.

- Les digo que no se puede muchachos.

- ¿Qué discutimos con este tipo, che? - dijo Eduardo, cansado de la tozudez del hombre - Agarremos el teléfono y llamemos al Secretario a la casa.

- Eso, llamémoslo directamente.

- En esa oficina hay un teléfono - señaló un obrero.

- Yo hago la llamada - dijo un compañero de edad madura.

- ¿Y qué le decimos? - preguntó el Pelusa.

- Le decimos que queremos hablar con él - respondió Román – Que venga lo antes posible, esto es urgente.

- Yo ya les avisé - dijo el encargado, asustado - no me digan después que no les advertí. Van a ver la que se va a armar.

El obrero fue a la oficina y buscó el número de teléfono del Secretario en una agenda. Llamó. Se hizo un silencio general. Escucharon como hablaba con voz pausada. Después el hombre volvió al hall.

- ¿Y? ¿Qué te dijo? - preguntó Juan, ansioso.

- Dijo que él no puede venir, que manda al Subsecretario, para que anote lo que queremos. Queda presentada la queja y ellos deciden.

-¡No, viejo! ¡Mirá cómo nos trabaja! - estalló Eduardo.

- Llamalo de nuevo - propuso alguien - decile que queremos una Asamblea ahora.

- Se lo dije.

- Decile que si no viene empezamos la Asamblea igual, la hacemos sin él - agregó el Pelusa.

- Sí, eso, buena idea - dijo el obrero, disponiéndose a llamar otra vez.

- Paren un poco, muchachos. ¿No les parece que nos estamos metiendo en un lío? - lo detuvo Juan.

- ¡No seas cagón, Juan! - dijo Román - ¿Para qué vinimos si no vamos a hacer nada?

- ¡Dale papá - exclamó Eduardo - no nos hagas esto!

- Bueno, andá - aceptó Juan - llamalo de vuelta.

- De todas maneras ya viene el Subsecretario - dijo el Pelusa, mientras esperaban el resultado de la llamada.

- ¡Qué Subsecretario ni Subsecretario! Ese no es más que un asistente - exigió un joven - ¡Que venga el Secretario General del Sindicato!

- ¡Sí, sí, el Secretario! - lo acompañó otro.

- ¿Pensaron en todo lo que le vamos a decir? - preguntó el Gordo.

- ¿Por qué no lo escribimos? - sugirió Eduardo.

- ¿Para qué? - dijo Juan.

- Bueno, para que vea que estamos todos de acuerdo.

- Vinimos porque una máquina le cortó la mano a Maitena, ¿no? - dijo uno.

El que llamaba al Secretario colgó el teléfono.

- ¿Qué dijo? - le preguntaron.

- Dijo que ya viene.

- ¡Vieron, se cagó todo! - exclamó Román, envalentonado por el éxito - Tanto que se hizo el gallito. No hay que aflojar, muchachos.

- Los que mandamos somos nosotros, los miembros.

- Ahora que todo está saliendo bien, pongámonos de acuerdo en lo que vamos a decir - propuso Juan.

- Le decimos que queremos un aumento de la indemnización por accidente y un seguro que cubra a los accidentados que quedan inválidos y a sus familias de por vida - dijo Eduardo.

- Sí, Eduardo tiene razón, necesitamos un seguro que nos proteja bien.

- ¿Creés que te van a dar ese seguro, hijo? Para conseguir algo así tenés que hacer una huelga.

- ¿Una huelga? Bueno, hagamos una huelga - dijo Eduardo.

- No seas exagerado, Eduardo - dijo Román - que nos van a echar a todos a la mierda.

En la puerta apareció un hombre canoso, de abdomen abultado.

- Ahí llega el Subsecretario - dijo el encargado.

El hombre canoso se adelantó hacia el centro del grupo.

- ¿Qué pasa, muchachos? - dijo, con voz grave. Los obreros se miraron.

- Bueno… - empezó Román.

- Hablen, ¿qué pasa? - dijo, mirándolos con severidad.

- Tenemos problemas - alcanzó a decir Román.

- ¿Qué problemas tienen, a ver? - preguntó con tono paternal el Subsecretario - Para eso estamos nosotros, para resolver problemas. Díganme, ¿quién es el delegado del grupo?

- Hablá vos, Pelusa - dijo Eduardo.

- No, que hable Juan - dijo el Pelusa.

- ¿Pero no tienen un delegado? Vamos muchachos, no me digan que me hicieron venir a esta hora para nada.

- No Sr., no lo hicimos venir para nada - dijo un obrero – Estamos aquí porque un balancín le cortó la mano al compañero Maitena.

- Bueno, pero eso pasó ayer. El Sindicato convenció a la Patronal para que pague todos los gastos del Hospital y le dé una compensación a Maitena.

- Sí, el Hospital, ¿y de qué va a trabajar después Maitena con una sola mano? Los milicos nos quitaron la pensión por accidente que teníamos antes.

- No tenemos un buen seguro de trabajo que proteja a los accidentados y sus familias en los casos graves.

- Bueno, muchachos - los calmó - eso se consigue de a poco.

Se oyó una voz en la entrada del local.

- ¿Qué pasa, compañeros?

Se volvieron: era el Secretario General del Sindicato. El Secretario se acercó al Subsecretario. Lo acompañaban dos hombres fornidos.

- Buenas noches, Sr. Secretario - dijo Juan, con respeto - Le estamos planteando al compañero Subsecretario…

- …que queremos una Asamblea - continuó el Pelusa - para pedir a la Patronal una cobertura por accidente que garantice la seguridad de los obreros y sus familias.

- Esperen muchachos - los detuvo - ¿por qué no habla uno solo? ¿quién es el Delegado?

- No tenemos un Delegado. El Delegado de nuestra fábrica no vino.

- ¿Y cómo van a pedir una Asamblea entonces? ¿Se creen que esto es un juego? ¿A quiénes representan Uds.?

- Representamos a todos los compañeros de la fábrica - dijo Eduardo.

- ¿A todos - insistió el Secretario General - a los mil obreros, los del día y los de la noche?

- Bueno, no, a los del turno noche no.

- ¡Yo esto no lo puedo creer! - exclamó el Secretario, exasperado - No tienen Delegado, no representan a nadie, ¿y para esto me llamaron? ¿Qué pasa, somos todos chicos?

- No, Sr. Secretario, no nos tome por estúpidos - dijo Eduardo - Si le pedimos que viniera es porque tenemos demandas que hacer.

- ¿Y por qué no presentan un petitorio?

- ¡Nada de petitorio, vinimos para hacer una Asamblea! – exclamó el Pelusa.

- ¡Ay, no la quieren entender! - dijo el Secretario.

- ¿No se dan cuenta que le están creando un problema al Sr. Secretario? - lo defendió el Subsecretario.

- ¡Vos cállate, alcahuete! - le gritó un joven obrero.

- Si no hay delegado, lo elegimos ahora - dijo Eduardo.

- ¡Qué empiece la Asamblea! - gritó un obrero.

- Uds. no representan a nadie - dijo el Subsecretario.

Los dos guardaespaldas del Secretario empezaron a impacientarse.

- ¡Que alguien vaya a la fábrica a llamar a los del turno noche! - gritó uno.

- ¿Cómo los van a llamar ahora? - dijo el Secretario General -¿no ven que están trabajando?

- Entonces hagamos la Asamblea en la fábrica - propuso Eduardo.

- ¿Están locos? Eso no se puede - exclamó el Secretario General.

- Sí, Eduardo tiene razón, hagamos una Asamblea en la fábrica.

Viendo que los ánimos estaban muy caldeados y que los obreros estaban prácticamente fuera de control, el Secretario del Sindicato hizo un esfuerzo por sobreponerse a la situación.

- Muchachos, por favor, les pido un poco de calma - dijo, conciliador - Ya veo que esto es serio. Pero así no se pueden hacer las cosas. Nos van a crear un conflicto con la Patronal y se va a perder en un día todo lo que conseguimos en años de lucha…

- Los beneficios fueron para vos, no para nosotros - gritó Eduardo.

- ¡Vendido! - dijo otro.

- ¡Un poco de respeto! - clamó el Subsecretario.

- ¿Por qué no lo dejamos hablar, muchachos? - dijo Juan.

- Juan tiene razón - dijo Román - Déjenlo hablar.

- Hemos luchado por años y años para servirlos, compañeros, porque nosotros somos obreros como Uds., nos hicimos trabajando en las máquinas y conocemos las condiciones de trabajo de la fábrica y los problemas de Uds...

- ¡Mentiroso!

- ¡Déjenlo hablar! - gritó Juan.

- Uds. quieren lograr en una noche lo que nosotros hemos estado buscando durante años: seguro médico completo, pensión por accidente, ley contra despido, y créanmelo, esas son las conquistas por las que lucha nuestra lista en el Sindicato, por eso Uds. mismos nos eligieron el año pasado por amplia mayoría.

- ¡No te conocíamos, cretino! - gritó Eduardo.

- ¡Son todos iguales, vendido! ¡Dicen que son peronistas y hacen todo lo que quieren los Radicales!

- ¡Se vendieron a los milicos!

- ¡Déjenlo hablar! - insistió Román.

- ¿Piden una Asamblea? ¡Se hace una Asamblea! Pero la Asamblea tiene que convocarse con quince días de anticipación…

- ¡Qué quince días, esto es urgente!

- Entonces - exclamó el Secretario levantando el brazo, viendo que ya no podía controlar la reunión - yo como Secretario adelanto esa Asamblea, contraviniendo los Reglamentos.

- ¿Para cuándo?

- En una semana.

- ¡No, ahora! - gritó Eduardo.

- Bueno, habiendo una razón urgente, ¡se llama una Asamblea Extraordinaria en veinticuatro horas!

- Mañana a la noche.

- Sí, mañana a la noche. Ahora vayan a sus casas tranquilos y mañana elijan a los delegados con mandato para la Asamblea Extraordinaria.

- ¡No, muchachos, no le hagan caso! - gritó Eduardo - ¡Nosotros vinimos para hacer una Asamblea ahora, vamos a la fábrica y hacemos la Asamblea con los compañeros del turno noche!

- Si hacen eso la Patronal va a llamar a la Policía, se va a armar la podrida… - dijo el Secretario.

- No se puede, Eduardo - dijo Juan - Mejor esperamos hasta mañana.

- El momento es ahora - insistió Eduardo.

- No tenemos delegados, hijo - exclamó su padre - No se puede ahora.

- ¿Por qué no le hace caso a su padre que lo está aconsejando bien? - dijo el Secretario, tratando de sacar provecho de la situación.

- ¿Ud. qué mierda se mete? - reaccionó Eduardo - ¡Nos va a vender a todos!

- No faltés el respeto, Eduardo - le pidió su padre.

- ¡Por qué no se van todos al carajo, se dejan envolver por este atorrante! - gritó Eduardo, abriéndose paso entre sus compañeros y dirigiéndose a la puerta del local.

- ¡No te vayas Eduardo!

- Déjenlo que se vaya, está sobrexcitado - dijo el Secretario, disfrutando su pequeña victoria - Así no se arreglan las cosas. Si nosotros reaccionáramos como él, ¿adónde iría el Sindicato? Las cosas se hacen con paciencia, poco a poco.

- Mañana a las nueve venimos a la Asamblea - dijo Román.

- Mañana es día de Asamblea, muchachos. Ahora váyanse a sus casas.

Los obreros fueron dejando el edificio lentamente.

- Bueno - dijo el Secretario al Subsecretario - se están yendo, menos mal.

- ¿Vas a llamar la Asamblea? - preguntó el Subsecretario.

- ¿Y qué querés que haga?

- Están locos, ¿viste cómo te gritaban? Hasta te insultaron.

- Hijos de puta - dijo el Secretario, crispando sus puños - esta me la van a pagar cara.

- Si hacen esa Asamblea para pedir lo que dicen ellos, la Patronal nos va a retirar toda la confianza - dijo el Subsecretario.

- Por culpa de estos atorrantes.

- A estos alguien les llenó la cabeza - afirmó el Subsecretario.

- El tipo ese joven, al que llamaban Eduardo… - intervino uno de los guardaespaldas.

- Al final no le hicieron caso - dijo el Secretario.

- ¿Te imaginás el lío que se armaba si hacían una Asamblea esta noche en la fábrica? - dijo el Subsecretario.

- Estos eran capaces de tomar la fábrica - terció un guardaespaldas.

- ¡Mirá vos - exclamó el Secretario - un año de esfuerzo negociando con la Patronal, para que vengan a tirar todo por el suelo!

- La Asamblea mañana va a estar jodida - dijo el Subsecretario - El seguro total contra accidente ni qué hablar, la Patronal nos va a sacar corriendo, ¿sabés cuánto les costaría?

- El problema es si los tipos insisten y se les pone en la cabeza hacer una huelga - dijo el Secretario - Justo ahora que hay un nuevo gobierno Radical con el que nos llevamos bien.

- ¡Desgraciados!

- ¡Comunistas, eso es lo que son, comunistas! - estalló el Secretario - ¡Aquí los que andan detrás de esto son los rojos! Alguien los convenció.

- Bueno… - dijo el Subsecretario - no olvidemos que el accidente fue muy grave, la máquina le cortó la mano al tipo ese, se la limpió, no va a poder trabajar más.

- ¿Cómo que no? - dijo un guardaespalda - Si tiene voluntad puede, todavía le queda una mano sana, ¿no?

- Sí, pero ¿quién le va a dar trabajo? - dijo el Secretario - Si hay desempleo para los que están bien.

- Mirá - explicó el Subsecretario - …si no queremos perder la confianza de la Patronal y el respeto de los miembros del Sindicato tenemos que hacer algo antes de que sea tarde.

- ¿Qué tenés en mente? - digo el Secretario General - ¿En qué estás pensando?

- Hay que asustarlos un poco - dijo el Subsecretario - Debemos sacarles los cabecillas.

- Pero yo no vi cabecillas.

- El tipo ese, Eduardo.

- Al final no le hicieron caso - dijo el Secretario.

- Sí, pero él era el que les llenaba la cabeza - argumentó el Subsecretario - Volverá a la carga, vas a ver que mañana va a ser el líder. Propondrá una huelga, estate seguro.

- ¿Y qué te parece?, ¿qué podemos hacer?

- Yo creo que lo mejor es mandar a dos de los muchachos - propuso el Subsecretario - que lo agarren y se lo lleven a tomar aire, y mañana, después de la Asamblea, cuando ya haya pasado todo, lo largamos.

El Secretario se quedó pensando.

- ¿Pero…no será peor? - dijo, temiendo las consecuencias - Mirá que se puede armar la gorda.

- Si no agarramos las riendas ahora, no las agarramos más.

- No era el único - insistió el Secretario - Si tuviéramos algo de qué acusarlos, para que se desbanden … Los podríamos hacer arrestar por atentar contra la producción.

- Bueno - dijo el Subsecretario - al menos empecemos por el joven, Eduardo, para que se asusten. Mandá a la Topadora y a Pepe.

- ¿A la Topadora? Vos sabés que ese es un animal. Por ahí se le va la mano y entonces se arma linda.

- Está bien, viejo - exclamó el Subsecretario - Ese lo que necesita es una buena lección, ¡a los comunachos hay que darles!

El Secretario y el Subsecretario pidieron al encargado del local que cerrara bien las puertas y salieron, seguidos por los guardaespaldas.

Eduardo fue el primero en llegar a su casa.

- Hola hijo, ¿y tu padre? - lo saludó Doña Rosa, viendo que llegaba solo.

- No sé - dijo Eduardo, visiblemente malhumorado.

- ¿Qué pasa - preguntó su madre - discutieron?

- Sí, discutimos un poco.

- ¡Eduardo - se quejó Doña Rosa - Uds. siempre peleando por cuestiones de política!

- ¿Qué pasó, Eduardo? - lo interrogó su hermana - La novia del Cacho me contó que estaban por hacer una Asamblea.

- ¿Asamblea? - dijo su madre - Yo no sabía nada, hijo.

- Sí, hoy íbamos a hacer una Asamblea.

- Yo soy la última que me entero de las noticias - protestó Doña Rosa - tu padre ni abrió la boca. Lo único que sé es que volvieron de la fábrica, dejaron la ropa de trabajo y salieron los dos juntos.

- Mirá - dijo Eduardo - de papá no quiero hablar.

- ¿Por qué, qué pasó?

- ¡Nada, nada!

Doña Rosa miró a su hijo con preocupación.

- ¿Por qué no comés algo y te tranquilizás?

- No, no quiero comer.

- La sopa está riquísima - insistió.

- ¿Sabés lo que sucedió, nena? - dijo Eduardo, dirigiéndose a su hermana - Dejaron que el trompa del Sindicato les postergara la Asamblea hasta mañana.

- ¿Y por qué?

- Se cagaron, eso es todo. Mañana esa Asamblea está perdida.

- ¿Te sirvo la sopita, nene? - dijo Doña Rosa.

- No quiero, mamá.

Sonó el timbre de la puerta de calle.

- Llaman a la puerta - advirtió Eduardo.

- Voy yo - dijo la hermana.

Carmen fue hacia la entrada y momentos después regresó a la cocina.

- ¿Quién es? - preguntó Doña Rosa.

- Son dos señores - dijo Carmen - Preguntan por Eduardo.

- ¿Por mí? A ver.

Eduardo se dirigió a la puerta de calle. Uno de los hombres estaba contra la puerta, que había quedado entreabierta.

- ¿Me buscan a mí?

El que estaba contra la puerta, un hombre de baja estatura, pero fornido, entró y avanzó hacia él. El otro, alto, casi obeso, lo siguió. Eduardo retrocedió.

- Sí, te buscamos a vos - dijo el más bajo.

- Te venimos a dar un mensaje, nene. Queremos que seas bueno y te portes bien - dijo el grandote.

El más bajo se le abalanzó, lo abrazó y le inmovilizó ambos brazos.

- ¡Eh, qué hacen, suelten! - gritó Eduardo, sin atinar a defenderse.

- Nosotros sabemos que vos sos medio sordo, y no entendés con palabras - dijo el grandote, que estaba frente a él.

Doña Rosa, que escuchó el forcejeo, fue a la sala.

- ¿Qué pasa, hijo? - preguntó - ¿Por qué lo agarran? ¡Déjenlo!

- No se preocupe, señora - dijo el grandote - Su hijo necesita un escarmiento, y usted no va a tener fuerza para dárselo. ¡Tomá…para te avives!

Descargó dos golpes al estómago de Eduardo, que se dobló, dando un vagido.

- ¡Eh, no le peguen! - pidió la madre.

- Si no le pegamos, señora - dijo cínicamente el más bajo - apenas si le estamos haciendo un masaje.

- ¡Hijos de puta - gritó Eduardo - yo sé quién los mandó…!

El grandote lo volvió a golpear en el estómago. El más bajo lo soltó. Eduardo cayó arrodillado al suelo. El grandote lo levantó y el otro le dio trompadas en los riñones y en la espalda. Lo dejaron caer y Eduardo quedó tendido en el piso, sin aire.

- ¡Agh…agh…no…no…basta…! - pidió Eduardo.

Su madre corrió hacia él, desesperada, y lo abrazó.

- ¡Por favor, por favor, no le peguen más - rogó - me vuelvo loca, lo van a matar!

El grandote la apartó.

- Este, si no aprende hoy, no aprende más.

- Basta de piñas - ordenó el más bajo - ahora metele un par de patadas.

El grandote le pateó los testículos y el vientre, hasta que Eduardo se hizo un ovillo.

- Tomá, un recuerdo de los muchachos… - dijo el grandote, pateándole la espalda.

Eduardo se retorcía del dolor.

- ¡No, no - rogó su madre, llorando desesperada - no le den más patadas que lo van a reventar! ¡Él no hizo nada!

- No, qué esperanza - dijo el grandote - si es un muchacho bueno.

- Vamos a llevarlo a tomar aire - dijo el más bajo - El pobre está un poco pálido.

El grandote lo levantó por los cabellos y le torció el brazo contra la espalda.

- ¡No se lo lleven, déjenlo!

- No se haga problemas - dijo cínicamente el más bajo - No ve que somos sus amigos y lo queremos mucho.

- ¡Mamá…mamá…! - alcanzó a balbucear Eduardo, casi en la puerta.

- Mirá qué bueno - se burló el grandote - cómo llama a la mamita.

Doña Rosa, desesperada, quiso acercarse a Eduardo, pero el más bajo se lo impidió.

- ¡Hijo…hijo…! - dijo Doña Rosa, llorando de impotencia.

- La verdad que es una escena enternecedora - dijo el más bajo, riendo - Vamos…

Los hombres salieron de la casa y subieron a un auto. Doña Rosa no dejaba de llorar. Su hija, que había presenciado la escena sin atinar a reaccionar, abrazó a la madre.

- ¡Mi hijo, se llevaron a mi hijo! - clamó la pobre mujer - ¿Qué le van a hacer, qué le va a pasar ahora? Nena, nena, hija, ¿te das cuenta lo que ha ocurrido?

- No llores, mamá - balbuceó Carmen, luchando por sobreponerse - llorando no se gana nada.

- …me dan ganas de morirme…

- Necesitamos ver qué hacemos, mamá. No llores más.

Doña Rosa trató de detener su llanto.

- …no…no lloro más - dijo.

Cerraron la puerta de calle y se sentaron en la cocina.

- ¿Qué podemos hacer? - dijo la hija.

- Avisemos a la policía.

- A la policía no - dijo Carmen - ¿Te creés que la policía nos va a ayudar?

- Por lo menos que lo busque…

-Vaya a saber quién los mandó a esos - dijo Carmen, pensativa.

- ¿Serían los del Sindicato? - sugirió la madre.

- No me extrañaría que fueran los del Sindicato - dijo Carmen - Si no es que son policías.

Se abrió la puerta de calle y entró Juan.

- Ahí viene papá.

Doña Rosa se levantó, abrazó a su marido y se echó a llorar.

- ¿Qué pasa?

- ¡Juan - balbuceó ella - pasó algo terrible!

- Bueno…no llores más…contame.

Doña Rosa trató de hablar, pero no pudo detener el llanto.

- ¿Por qué llora tu madre, hija?

- Se lo llevaron al Eduardo - dijo Carmen, angustiada.

- ¿Se lo llevaron?

- Sí, y le dieron una paliza, aquí, delante nuestro, que casi lo matan.

- ¡Estúpido - exclamó con rabia Juan - él se la buscó!

Doña Rosa dejó de llorar y miró sorprendida a su marido.

- ¡Juan! ¿cómo decís eso? Estás hablando de tu hijo.

- Vos no sabés qué paliza le dieron, papá. Lo patearon, quién sabe si no lo reventaron por dentro. Eran dos. Uno lo sostenía, el que más le pegó era un tipo enorme.

- A esos los mandaron los del Sindicato - dijo Juan, tratando de tranquilizar a Doña Rosa y restarle importancia al asunto.

- Juan, tenés que hacer algo - pidió su esposa.

- ¿Qué querés que haga ahora? Lo largarán mañana después de la Asamblea. Lo quieren asustar, tu hijo se está ganando fama de comunista.

Doña Rosa miró con odio a su esposo.

- ¿Cómo hablás así de mi hijo? - gritó.

- ¿Pero vos qué sabés, Rosa?

- Yo sé lo que tengo que saber - afirmó ella - para eso soy la madre.

- ¿Sabés lo que quería tu hijo? - exclamó Juan, con ira - Quería que todos los obreros fuéramos a la fábrica, le habláramos a los del turno noche para que pararan el trabajo e hiciéramos una Asamblea. ¿Te das cuenta? Si íbamos casi seguro que nos echaban a todos.

- Mi hijo tenía razón, eso era lo que tenían que hacer - dijo con rencor Doña Rosa.

- Pero Rosa, ¡por favor!, no hablés disparates…

- Yo vi como le pegaron. Esos tipos son capaces de todo, hay que defenderlo - dijo, aferrándose a su esposo.

- No te hagás problema - dijo él, con tono paternal - ya está, no le van a hacer nada más, ya pasó otras veces. Lo encierran en una casa por unas horas, y mañana, después de la Asamblea, lo largan.

- ¿Vos estás en contra de tu hijo? ¿Qué clase de padre sos? - lo fulminó Doña Rosa.

- ¿Pero no te das cuenta de lo que pasa?

- Sí, me doy cuenta de lo que pasa - dijo ella con desprecio - Si mi esposo no tiene las bolas necesarias para defender a mi hijo, yo lo voy a defender.

El rostro de Juan se demudó.

- ¡A mí no me hablés así, Rosa! - dijo, rojo de rabia.

- Te hablo como te tengo que hablar.

- Por favor, papá, mamá, ¡tranquilícense! - les rogó Carmen, que observaba sin saber qué hacer cómo la escena se volvía más violenta.

- ¡No me hablés así, Rosa! - dijo el hombre fuera de sí, alzando la mano como para golpear a su mujer.

Doña Rosa retrocedió.

- ¿Qué, me vas a levantar la mano? - gritó, corriendo hasta la mesada donde había una gran cuchilla y empuñándola.

- ¡Rosa! - exclamó el marido, incrédulo ante la reacción de su mujer.

- ¿Te creés que no me sé defender? ¿Me querés pegar? - dijo ella, avanzando hacia su esposo - ¡Vení, pegame, atrevete! Mirá como me defiendo.

- Dejá esa cuchilla, Rosa - dijo él.

- ¡Mamá, por favor - clamó la hija, angustiada - dejá la cuchilla que se van a lastimar!

- Probá de levantarme la mano, mamarracho, ¡y te ensarto de una cuchillada! - dijo Doña Rosa, blandiendo la enorme cuchilla frente a la cara de su esposo.

- Esta me la vas a pagar, Rosa - murmuró él, retrocediendo.

- Se lo llevaron a tu hijo, ¿y te creés que a vos no te van a hacer nada?

- Los del Sindicato siempre se manejan así - dijo el marido, muy pálido - Contra mí no tienen nada.

-No me voy a quedar cruzada de brazos. No te creo. Salí de mi camino. Yo voy a demostrar lo que vale una mujer.

Doña Rosa avanzó hacia la puerta y su esposo se hizo a un lado. Todavía con la cuchilla en la mano, temblando de rabia, salió a la calle. El barrio estaba pobremente iluminado. Doña Rosa miró las casas iguales, vecinas a la suya. Arrojó la cuchilla al cantero de las flores y se echó a llorar. Sin saber qué hacer, cruzó la calle y tocó el timbre en la casa de la vecina de enfrente.

-¿Quién es? - preguntó alguien.

- Soy Doña Rosa, señora - respondió, con la voz deformada por la angustia.

La mujer abrió la puerta.

- Doña Rosa, a esta hora, ¿qué sucede? - dijo, haciéndola entrar - Pase, pase…¿por qué llora?

- Doña María, una desgracia… - dijo, tratando de contener el llanto.

- Por favor, hable…

- Se lo llevaron a mi hijo.

- ¿A Eduardo? - exclamó la vecina - ¿quiénes?

- Unos matones del Sindicato.

- ¡Ay!, ¿no le habrán hecho algo a mi esposo también? Todavía no llegó - dijo la mujer, atemorizada - ¿Y qué pasó en la Asamblea?

- Dicen que la hacen mañana. A Eduardo se lo llevaron para asustar al resto de la gente, y que en la Asamblea se cuiden de lo que dicen. No quieren que pidan nada.

- ¿Es posible? - dudó la mujer.

- ¿Qué si es posible? Maitena no era un tonto. Los hacen trabajar de más. Va a haber otros accidentes. ¡Se lo llevaron a Eduardo, después se van a llevar a otros! - dijo exaltada Doña Rosa.

- ¡Yo no sé, Sra.! - se desentendió Doña María - ¿Qué podemos hacer nosotras?

- Algo tenemos que hacer, necesitamos defender a nuestros hijos, a nuestros esposos…

- Pero Doña Rosa, ¿qué sabemos nosotras de estas cosas?

- No hay nada que saber, yo presencié todo - insistió - vi como le pegaron y lo patearon. Lo hicieron delante mío. Y el tonto de mi esposo piensa que no es nada, dice que le dan un escarmiento y nada más, pero a mi hijo le van a seguir otros, y quién sabe si él no es uno de ellos.

- Pero Sra., ¿y usted se pone en contra de su esposo? - dijo la vecina, mostrando desconfianza.

-Yo lo que quiero es defenderme, ¿no se da cuenta? - dijo Doña Rosa, angustiada - Se lo llevaron a Eduardo, quién le dice que después no se lleven a su marido, ¡tenemos que hacer algo!

- Yo si mi esposo no me autoriza, no, Sra. - dijo la vecina - Yo espero que él regrese. Esto es algo muy delicado, Ud. está nerviosa. A lo mejor lo largan en seguida al Eduardo, Ud. sabe cómo son los jóvenes, por ahí andaba haciendo algo que no debía.

- ¿Ud. piensa que soy estúpida? ¿Ud. cree que no sé lo que digo?

En la puerta de calle, que había quedado entreabierta, apareció una mujer.

-¡Doña María! - llamó.

- ¡Ay, otra más! Doña Teresa, ¿qué pasó? - dijo Doña María, llevándose las manos a la cabeza.

- Doña María, ¡se lo llevaron preso a su esposo!

La mujer palideció.

- ¡Preso! ¿Qué hizo?

- No sé. Unos policías lo detuvieron junto a Pelusa y a mi marido, y se los llevaron a los tres.

- ¿No le dije? - exclamó Doña Rosa - Vamos a la Comisaría a ver de qué los acusan.

- Hagamos una cosa - propuso Doña Teresa - Ud., Doña Rosa, vaya a la casa de las otras familias del barrio e infórmeles lo que está pasando. Más tarde nos reunimos todas en mi casa.

- ¿Todas? - preguntó Doña Rosa - ¿les pido a las otras mujeres que vengan?

- Sí, que vengan. Las mujeres tenemos derechos. Que también vengan los hombres - dijo la señora - Nos vamos a defender. Doña María y yo, mientras tanto, vamos a la Comisaría a averiguar cuántos son los presos y cómo están, y volvemos.

-¿Las atenderán? Son las once y media.

- Mejor que nos atiendan - dijo la otra señora - porque con la rabia que tengo…

- Después nos reunimos todos en casa de ella - le dijo Doña María a Doña Rosa.

-Sí, nos encontramos todos en mi casa como en una hora - dijo la otra.

-Buena suerte - les deseó Doña Rosa.

Las dos mujeres salieron para la Comisaría. Doña Rosa fue hasta la casa más próxima y tocó el timbre. Le dijo a la señora que la atendió lo que pasaba y salieron juntas a avisarles a las otras familias.

Una hora más tarde, un grupo nutrido de hombres y mujeres se congregaba en el sitio convenido.

- ¿Está la Sra. de Filipelli? - dijo una señora.

- Sí, aquí estoy - respondió la Sra. de Filipelli, levantando la mano.

- ¿Y su esposo vino también?

- No, es uno de los presos.

- ¿Cuántos somos? - preguntó Doña Rosa, tratando de abarcar al grupo con la mirada.

- Somos más de cuarenta, incluidas las mujeres de los diez presos - dijo una señora - Doña María, la Sra. de Tacuti, la de Filipelli, Doña Teresa, la Sra. de Iturralde…

- Sí, está bien, ¿qué podemos hacer? - dijo Doña Rosa - Los hombres, ¿qué proponen?

- Vayamos a la Comisaría y pidamos que los liberen - dijo un obrero.

- A mí me parece mejor si hacemos un piquete en la fábrica - dijo otro.

- ¿Para qué un piquete? - disintió un compañero - Mejor entramos en la fábrica y avisamos a los de turno noche lo que pasó.

- Hay que avisar al resto de los muchachos del turno diurno también - agregó otro.

- No hay tiempo - dijo el compañero - nos pasaríamos toda la noche reuniendo gente.

- Yo tengo una idea - dijo Doña Rosa - Las mujeres vamos a la Comisaría, nos paramos frente a la puerta y empezamos a gritar que suelten a los obreros presos.

- ¿Las mujeres a la Comisaría? Sería mejor si vamos los hombres - la contradijo un obrero.

- ¿No ven que si van los hombres les van a largar a los policías para que les den, y a lo mejor hay más presos? - explicó Doña Rosa.

-¿Y los hombres qué vamos a hacer entonces?

- Uds. vayan a la fábrica y les informan a los del turno noche lo que pasó - dijo Doña Rosa.

- ¿Para qué avisarles a los del turno noche? Todos los presos son del turno diurno - dijo uno.

- ¡Son trabajadores también, no! Necesitamos estar unidos - exclamó una señora.

- Sí, está bien, hagamos eso - acordó un obrero.

- A la vuelta nos encontramos todos en mi casa. Nos reunimos ahí - dijo Román.

- Votemos para ver si la mayoría está de acuerdo - dijo Doña Rosa.

- ¡Qué levanten la mano los que estén a favor de la propuesta! - gritó un hombre.

Todas las manos se levantaron.

- Está bien, gana la moción por unanimidad. Una vez que hayamos cumplido con lo dispuesto nos reunimos en casa de Román.

Salieron todos juntos. Los hombres se dirigieron a la fábrica y las mujeres marcharon a la Comisaría.

Cuando las mujeres llegaron al edificio de la Comisaría, se pararon en la vereda y empezaron a gritar que liberaran a los presos. El policía de guardia entró en el edificio y poco después regresó a su puesto; se mantuvo sereno como si nada pasara. Al enfrentarse con ese silencio las mujeres se exasperaron más.

- ¡Qué larguen a nuestros esposos! - gritó Doña Lucía.

- ¡Animales, terroristas, queremos a nuestros esposos e hijos! - dijo Doña Rosa.

- ¡Matones, que larguen a los diez! ¡Que aparezca Eduardo Terán!

Un Sargento muy gordo salió del edificio.

- ¡Por favor, retírense! - ordenó - No se puede hacer disturbios frente a la Comisaría, ¡retírense!

- ¡Callate la boca, gordo monigote! - gritó Doña Rosa.

- ¡Boludo!

- ¡Maricón!

-¡Animal!

El Sargento, visiblemente exasperado por los insultos, contuvo su rabia y no reaccionó. Entró en el edificio y a los pocos minutos salió el Comisario.

- Por favor, Sras., soy el Comisario, ¿me quieren explicar qué es lo que pasa aquí?

- ¡Queremos que suelten a nuestros esposos! - exclamó una señora.

- ¡Los detenidos están a disposición de la justicia! - afirmó el Comisario.

- ¿De qué se les acusa? - preguntó Doña Rosa - No hicieron nada.

- Violaron las leyes de seguridad, promoviendo disturbios y agitaciones y atentando contra la producción de la fábrica.

- ¡Mentira! - gritó una señora baja y gordita.

- La Policía tiene derecho a detener a sospechosos por veinticuatro horas, aunque no se tengan pruebas - dijo el Comisario.

- ¡Atorrante! ¡Queremos a nuestros esposos!

- Escúchenme, ¿por qué no vuelven a sus casas? ¿Uds. qué entienden de estas cosas? - gritó el Comisario, con desprecio - Váyanse a lavar los platos y a limpiarle el culo a los chicos, ¿qué tienen que hacer aquí, no se dan cuenta que es la una de la mañana?

- ¡Reventado! - reaccionó una chica.

- ¡Hijo de puta!

- ¡Explotador de mujeres!

- ¡Vividor!

- ¡De quién mamaste, guacho de mierda!

- ¡Putas arrastradas, qué carajo se han creído - dijo el Comisario, fuera de sí - retírense de aquí inmediatamente!

- ¡Más puta será tu madre!

- ¡De aquí no nos movemos hasta que suelten a los hombres! - dijo Doña Rosa con firmeza.

- ¡Se los digo por las buenas! - gritó el Comisario, incapaz de dominar la situación - ¿Qué carajo entienden Uds. de esto? Por qué no se van a dormir, ¡viejas inútiles, menopáusicas!

- ¡Boludo!

- ¡De aquí no nos vamos hasta que los suelten - gritó Doña Rosa - o que nos encierren con ellos, una de dos!

- A ver, a ver, a circular, ¡circulen señoras!

La mujeres no se movieron.

- ¡Sargento! - llamó el Comisario.

- Ordene, mi Comisario - se adelantó el Sargento.

- Hágalas salir de aquí, no pueden estar frente a la comisaría, llame a los otros agentes, qué circulen.

- ¡Pero señor…! - dijo el Sargento.

- ¡Hágalas mover le digo, cómo sea! - repitió el Comisario.

El Sargento regresó con varios policías. El Comisario entró en el edificio. El Sargento empuñó el bastón con las dos manos y empezó a empujar a las mujeres, imitado por los otros policías.

- Circulen, circulen, váyanse por las buenas, antes que usemos la fuerza …

De pronto un ladrillo voló por el aire y se estrelló en el hombro izquierdo del Sargento.

- ¡Ay, hijas de puta! - exclamó - ¿Quién me tiró ese ladrillo?

Las mujeres retrocedieron hacia la vereda de enfrente. Varias recogieron ladrillos en una obra en construcción vecina y comenzaron a arrojarlos contra los policías.

- A ver, agentes - gritó el Sargento, esquivando los ladrillazos - ¡desalójenlas!

Los policías, empuñando los bastones, se lanzaron contra las mujeres que trataron de ponerse fuera de alcance. Dos de ellos atraparon a una señora y la golpearon.

- ¡No peguen, asesinos! - gritó la mujer, indefensa.

- ¡Bestia, animal! - dijo otra, tirando del uniforme de uno de los policías para defender a la señora.

El policía se volvió y la golpeó en la cabeza; la sangre le bañó el rostro.

Las mujeres resistieron; en vez de escapar se aprovisionaron de más ladrillos en la obra, obligando a algunos de los policías a replegarse a la Comisaría. Un policía avanzó hacia donde estaban las mujeres persiguiendo a una de ellas a bastonazos. Una señora se puso en cuclillas detrás de él y otra se acercó, fingiendo que le iba a decir algo, y lo empujó. El hombre cayó de espaldas. Quiso levantarse, pero una señora muy gorda y fuerte lo había agarrado por el cuello.

- Aquí tenemos a uno, ¡patéele las bolas, Doña Rosa!

Doña Rosa estaba frente al policía que, estirado en el suelo, trataba de zafarse del brazo de la señora. Tomó impulso y le dio un fuerte puntapié en la entrepierna.

-¡Tomá, maricón! - gritó.

El hombre lo recibió de lleno y se retorció del dolor.

-¡Escapemos, antes de que vengan más! - gritó Doña Rosa.

Se oyeron varias sirenas.

-¡Les están llegando refuerzos!

Los policías de la Comisaría volvieron a avanzar.

-¡Corramos! - gritó una señora.

Un policía se adelantó y atacó a una mujer.

- ¡Ay, no pegue animal! - gritó ella, tratando de protegerse de los bastonazos con el antebrazo.

- ¡Nos reunimos en lo de Román, separémonos! - dijo Doña Rosa.

Las mujeres se alejaron como pudieron, perseguidas por los policías y se dirigieron al lugar indicado.

Cuando llegaron a la casa de Román, los hombres las estaban esperando en la calle. Al verlas llegar, agitadas y maltrechas, se alarmaron mucho.

- ¿Qué pasó? - preguntó Román.

- Nos pegaron - dijo una señora.

- ¡Hijos de puta!

- ¿Hay alguna lastimada?

- Doña Emilia tiene un corte en la cabeza - dijo Doña Rosa, señalando a una señora que sostenía sobre su cabeza un pañuelo ensangrentado.

- Que entre en la casa, hay desinfectante y vendas, ahí la curamos - dijo Román.

- Nosotras también les dimos - dijo contenta Doña Rosa.

- ¡Estas son mujeres! - exclamó un obrero.

- Tenemos que organizarnos y ver qué hacemos - dijo Doña Rosa.

- ¿No estamos yendo demasiado lejos? - preguntó una señora.

- ¡La que tenga miedo o el que tenga miedo que se vaya a su casa! - dijo el Gordo.

- Yo no tengo miedo - aclaró la señora - lo único que digo es que si dejamos pasar todo puede ser que las cosas se olviden y mañana los larguen.

En la vereda de enfrente, cerca de la esquina, vieron a una señora que venía casi corriendo hacia el grupo.

- ¡Doña Rosa, Doña Rosa! - llamó, agitada, la mujer.

- ¿Qué ocurre?

- ¡Encontraron a su hijo, al Eduardo!

Doña Rosa palideció y no atinó a decir nada.

- Estaba frente a un baldío, cerca de la ruta. Se escapó de los secuestradores, pero tiene un balazo en una pierna.

- ¡Ay, Dios mío! - exclamó Doña Rosa, cerrando los ojos.

- Lo llevaron al Hospital Metalúrgico. Ahí lo atendieron. Está bien.

- Vaya a cuidarlo si quiere, Doña Rosa - dijo Doña María.

- No - dijo Doña Rosa, sobreponiéndose a la primera impresión - mejor que lo cuiden las enfermeras. Mi deber es estar junto a Uds. Ya tendré tiempo mañana para verlo. Ahora tenemos que decidir entre todos qué hacer.

- ¡Bravo! - exclamó un obrero, aprobando su determinación.

Román pidió que entraran en la casa. Se acomodaron como pudieron.

- ¿Hablaron con los obreros del turno noche? - preguntó una señora - ¿les explicaron lo que sucedió?

- Los guardias no nos dejaron pasar, pero le pedimos a un camionero que estaba por entrar en la fábrica que hiciera correr la voz de lo que había ocurrido, que le contara todo a los compañeros que estaban en el período de descanso. Después ellos enviaron a tres afuera de la fábrica para hablar con nosotros.

- ¿Y qué les dijeron?

- Desconfiaban un poco. Se hacían los indiferentes, como si lo que nos pasa a los obreros diurnos no tuviera mucho que ver con lo que les pasa a ellos. Tratamos de convencerlos.

En ese momento apareció Carmen en la puerta de calle.

- ¡Hija! ¿Qué hacés acá? - exclamó Doña Rosa - ¿Y tu padre?

- Pascual vino a casa y nos dijo lo que estaba pasando, se quedaron conversando, yo quería ver cómo estabas - dijo la hija, acercándose a su madre y colocándole un brazo sobre el hombro.

Doña Rosa agradeció a su hija que hubiera ido a verla, le aseguró que se encontraba bien y le pidió que regresara a la casa. Carmen, después de abrazarla y de hablar sobre Eduardo, hizo lo que le pedía.

Un obrero tomó la palabra:

- Yo creo que lo mejor es juntarnos con el resto de los compañeros - dijo - Tenemos que ir a la fábrica.

- Buena idea - dijo una señora.

- Sí, meternos en la fábrica - insistió el obrero.

- Las mujeres no trabajan con nosotros - objetó uno.

- No importa, las mujeres vamos también - dijo una señora.

- No, no puede ser - dijo un obrero que estaba a su lado.

- Hagamos una votación - propuso Doña Rosa.

- ¡Yo voy, Tito! - insistió la señora, dirigiéndose a su marido.

- Te digo que no vas - dijo él - si ocurre algún problema, ¿quién cuida al nene?

- Propongo que hagamos la votación por separado - pidió una señora - para que los hombres no nos presionen.

- ¿ Y cuándo las presionamos? - reaccionó un señor.

- Sí, sí - insistieron varias mujeres.

- Las mujeres pónganse a la derecha - pidió Román.

Las mujeres se agruparon a un costado de la sala.

- Bueno, levanten la mano las que quieran que vayamos todos juntos a la fábrica en este momento.

Casi todas las manos se levantaron.

- Está bien, por unanimidad - dijo Román - Los hombres ahora.

Los hombres, al otro lado de la sala, levantaron sus manos.

- Hay mayoría - dijo Román - Vamos todos a la fábrica.

- Una vez que llegamos allá, ¿qué hacemos? - dijo Doña María.

- ¿La tomamos? - dijo un obrero.

- ¿Creen que los guardias nos van a dejar entrar?

- Miren que tienen perros especiales.

- Los cuidadores están armados con revólveres.

- ¿Por qué no esperamos hasta mañana cuando haya luz? - propuso el Gordo.

- Ya son las dos y media de la madrugada y estamos todos cansados - argumentó otro.

- Yo creo que el momento es este, una vez que nos dispersemos no sabemos qué puede pasar - dijo Doña Rosa.

- Capaz que arrestan a más compañeros para intimidarnos - dijo Román.

- O meten a la policía dentro de la fábrica.

- O a los soldados.

- ¿A qué hora salen los del turno noche? - preguntó una señora.

- A las tres.

- Tenemos tiempo de llegar antes de que salgan - dijo un obrero - Entramos en la fábrica cuando estén saliendo, ellos se nos van a unir.

- Y cuando lleguen los compañeros del turno mañana les abriremos las puertas.

- Muy bien - dijo Doña Rosa - ¡todos a la fábrica!

- ¿Les parece que somos bastantes? - preguntó un obrero.

- Hay más de cien aquí - dijo Doña Rosa, señalando a la gente que se agolpaba en la puerta y cubría la vereda.

- Los obreros de la noche se quedarán en la fábrica con nosotros - dijo Doña Rosa.

- Todos unidos, ¡adelante!

Los obreros y sus mujeres formaron una columna y se dirigieron a la fábrica. Cuando llegaron, los primeros obreros del turno noche estaban saliendo por la puerta principal.

- ¡Compañero - dijo Román, deteniendo a uno - han encarcelado a diez de los nuestros!

- Balearon al hijo de Doña Rosa - dijo Doña María.

Varios obreros más se acercaron a ellos.

- ¿Qué hacen todas estas mujeres aquí, a esta hora de la madrugada? - preguntó uno, alarmado.

- Tenemos que unirnos todos - dijo Román.

- Entremos en la fábrica para discutir la situación - pidió Doña Rosa.

- Si entramos en la fábrica ahora se armará lío, ya pararon todo hasta mañana a la mañana, perderemos el trabajo - dijo un obrero del turno noche.

- ¿Por qué no esperamos hasta la Asamblea de mañana para discutir esto? - agregó otro.

- Si las mujeres entran yo no entro - exclamó un señor viejo y regordete.

El grupo había aumentado hasta casi bloquear la salida de la fábrica.

- Nosotros no podemos arriesgar el trabajo - gritó un obrero del turno noche - somos muchos, tenemos familia, ¿adónde vamos a conseguir trabajo todos nosotros si nos echan?

- Es una locura - exclamó otro.

- Ya les lavaron la cabeza los del Sindicato - dijo un hombre que estaba junto a Doña Rosa.

- No es eso, tenemos que ir de a poco, hacer las cosas legalmente - argumentó otro.

Un señor bajito se abrió paso entre sus compañeros.

- Aquí viene un Delegado - dijo uno.

- Yo soy el Delegado de la Sección Cuarta - se presentó el hombre.

- Queremos entrar en la fábrica para deliberar - le explicó Román - Hay diez compañeros presos y un muchacho herido.

- Nosotras fuimos a protestar a la Comisaría y nos pegaron - dijo Doña Rosa.

- ¿Las mujeres? - preguntó el Delegado - ¿Por qué se meten en esto?

- Nosotras también somos trabajadoras, atendemos la casa - dijo Doña Rosa - y ahora defendemos el trabajo de nuestros maridos.

- ¿No se dan cuenta que esto de entrada es un fracaso? - dijo el Delegado.

La mayoría de los obreros ya habían salido de la planta. Muchos de los que se acercaron a escuchar continuaron camino. Los guardias de seguridad empezaron a mover los pesados portones de la entrada.

- A ver - gritó un guardia a unos trabajadores que estaban en el paso - salgan de ahí que vamos a cerrar las puertas.

- Vení, están cerrando la fábrica - dijo un obrero a otro - ya perdimos la oportunidad de entrar.

- ¿Pero Uds. saben lo que están diciendo - preguntó el Delegado - se creen que las cosas se pueden hacer como se les ocurra?

- ¡Callate, vendido! - gritó un trabajador, amenazándolo con el puño.

- ¡Alcahuete de la policía!

- Vos y todos los delegados de tu lista son unos alcahuetes - dijo otro, descargando su frustración contra el Delegado.

- ¡Uds., los del Sindicato, hicieron encarcelar a los compañeros! - exclamó alguien.

- ¡Nos quieren pasar por encima a los obreros!

- ¡Traidores! ¡Uds. no nos representan a nosotros, buscan su propia conveniencia!

-¡Pero qué dicen! - exclamó el Delegado, intimidado por la reacción de los obreros -¿No saco la cara siempre por Uds.? Yo tengo experiencia, y por eso trato de aconsejarlos, por el bien de todos.

- Ahora ya no se puede hacer nada - advirtió una señora - la fábrica está cerrada.

Los portones estaban, efectivamente, cerrados. Los guardianes armados vigilaban en los puestos de guardia, acompañados de perros. El ánimo de la gente se aplacó.

- ¿Por qué querían ocupar la fábrica - dijo el Delegado, sintiendo que el momento de máximo peligro había pasado - no ven que es una locura? Iríamos todos presos. No es propiedad nuestra.

- No podemos esperar hasta mañana a la noche para la Asamblea, la tenemos que hacer antes - dijo un obrero - Si la Asamblea se hace en el Sindicato está perdida de antemano; van a poner matones, van a escuchar solamente las propuestas preparadas por los Delegados favorables a la lista de ellos, ya saben cómo es la democracia en el Sindicato, toda una mentira.

- ¿Saben qué van a pedir en la Asamblea? - dijo el Delegado, desafiante.

- Queremos que liberen a los presos - gritó una señora.

- ¿No saben que a esos los encerraron por comunistas? - dijo el Delegado.

- Eso es mentira - dijo Doña Rosa.

- Todo el mundo en la fábrica sabe que son comunistas - insistió el Delegado.

- Esas son mentiras que inventa el Sindicato.

- ¡Traidores! ¡Trepadores!

- ¡Se llenan los bolsillos vendiendo a los compañeros!

- Los van a largar después de la Asamblea - dijo irónicamente el Delegado - no es nada.

- El seguro contra accidente que tenemos es una porquería. Nos quitaron todos nuestros derechos - se quejó un obrero.

- Para eso se hace mañana la Asamblea - dijo el Delegado - decilo que te van a escuchar.

- ¡Mentiroso!

- Bueno, hagan lo que quieran - dijo el Delegado, sintiendo que su batalla estaba ganada y ya era inútil prolongar la discusión - yo les quiero hacer entender pero Uds. tienen la mente cerrada. Me voy a dormir.

- ¡Guacho! - gritó uno.

El Delegado, indiferente ante la rabia de los trabajadores, se alejó del lugar.

- ¿Qué hacemos? - preguntó una señora.

- Tenemos que hacer nuestra propia Asamblea antes de la noche de mañana; si no, está todo perdido - dijo Doña Rosa, con convicción - Si nos dejamos engañar ahora, la próxima vez será peor.

- Yo creo que ya es demasiado tarde - dijo un obrero, desanimado - Estamos desorganizados, ¿por qué no esperamos hasta mañana?

- Otra vez será - dijo una señora.

- No nos dejemos derrotar - exclamó Román - Podemos reunirnos mañana a la mañana, cuando los del turno diurno entremos a trabajar, y hacer la Asamblea en ese momento.

- Son ya las tres y media, estamos todos sin dormir.

- Ya muchos se han ido - dijo un obrero, señalando al grupo, que en ese momento no tenía más de cincuenta personas.

- Yo mañana vengo a la puerta de la fábrica y empiezo a llamar ahí mismo para la Asamblea - aseguró Doña Rosa.

- Bueno, mañana a la mañana todos los compañeros y compañeras que queramos intentar organizar una Asamblea nos encontramos frente al portón - dijo un obrero - A lo mejor podemos hacer algo.

- Votemos - pidió una señora.

- ¿Para qué vamos a votar? - dijo un hombre, desanimado - El que quiera que venga.

- Bueno, hasta mañana - se despidió una señora, disponiéndose a marcharse.

- Hasta mañana - la siguió otra.

El grupo se fue deshaciendo.

- Si no logramos organizar nada a la mañana nos vemos a la noche, en la Asamblea que programó el Sindicato - dijo Román, antes de irse.

Una señora se acercó a Doña Rosa, que había quedado muy desanimada.

- Yo la acompaño a su casa, Doña Rosa.

- No Sra., yo voy al Hospital a ver cómo está mi hijo.

- ¿Quiere que vaya con Ud. al Hospital, Sra.?

- No, gracias, ya es muy tarde. Prefiero ir sola.

Hombres y mujeres se alejaron del lugar. Doña Rosa caminó por las calles pobremente iluminadas del barrio obrero, hacia el Hospital. Se sintió muy extraña.

"¿Cómo estará Eduardo? - se dijo, mientras caminaba - Han pasado tantas cosas hoy. Son cerca de las cuatro de la madrugada. Sin embargo, nunca estuve tan despierta como esta noche, con tanta luz. He vivido cosas nuevas, siento rabia contra los Delegados vendidos y contra los derrotistas, estoy asustada de mi propia energía, de la violencia física que desataron contra mi hijo y después contra todas las mujeres en la Comisaría, de la violencia que yo misma usé contra mi marido cuando agarré la cuchilla y lo amenacé y contra el policía cuando le pateé las bolas. Sin embargo, no temo que esa violencia se vuelva contra mí, no creo haberme descontrolado para nada ni intentado destruir, todo lo contrario, siento que lo hice para defenderme, que fue absolutamente necesario, fue como buscar y encontrar otra Rosa, una Rosa diferente. Tengo cincuenta y tres años, he estado criando hijos toda mi vida, limpiando platos, barriendo la casa, obedeciendo a mi marido, no sé, ahora pienso todo lo que hubiera podido hacer si hubiera sido hombre, o si las mujeres pudieran hacer lo mismo que los hombres, si hubiera ido a la escuela, si entendiera más lo que pasa a mi alrededor, como entendí esta noche. Hoy fue como ir a la escuela, vi a la gente comportarse de una forma tan diferente, me vi a mí misma reaccionando de una manera distinta; no sé, los cobardes fueron más cobardes, los valientes más valientes; si pasaran todos los días cosas extraordinarias, y no lavar platos y esperar a los hombres, y cocinar y callarme la boca…Pero ya no voy a callarme la boca, nunca más dejaré que me llamen estúpida, yo puedo tener tantas bolas como un hombre cuando llega el momento, y si a veces hago cosas tontas es porque nunca me enseñaron nada, siempre viví encerrada en una casa, primero la casa de mi madre, después la de mi esposo; a mi madre le tocó cocinar, lavar ropa, criar a los hijos y a veces, hasta criar al marido, y a mí lo mismo. Eso es todo lo que sé de la vida; me dijeron: "agachá la cabeza y andá para adelante" y hoy levanté la cabeza y miré a mi alrededor…, y no lo hice por Eduardo, estoy segura, no fue de rabia porque los matones le pegaron delante de mí y me mordía la boca de impotencia; lo hice por mí misma, me salió de adentro..".

Se detuvo. Estaba frente al edificio del Hospital. Entró. Tuvo que convencer a una enfermera para que le dejara ver a su hijo. Pasó a la sala donde lo habían internado. Eduardo estaba despierto. Tenía la pierna vendada. Fue hasta la cama y lo abrazó. Después se sentó junto a él.

- ¿Cómo estás, hijo? - le preguntó.

- Bien, mamá - respondió Eduardo, contento por la visita de su madre - La herida cicatrizará pronto. La bala atravesó la pierna sin tocarme el hueso. Estaré bien en unos días.

- ¿Cómo fue que te balearon?

- Contame primero qué es lo que pasó con Uds., ¿qué hora es?

- Son las cuatro y diez de la madrugada.

- ¿No habrás venido sola a esta hora, no? ¿Por qué no esperaste hasta la mañana?

- Sí, vine sola. Pensé que te habrían dormido, quería simplemente asegurarme que estabas bien.

- Me pusieron anestesia local para limpiarme la herida, pero no quise que me durmieran. Quiero estar despierto por si acaso me vienen a buscar.

- ¿Quiénes?

- Los que tiraron.

- Contame cómo te escapaste - pidió Doña Rosa a su hijo - Yo te cuento después lo que nos pasó a nosotros, mi historia va a ser más larga que la tuya.

- Está bien - dijo Eduardo, incorporándose en la cama y usando la almohada como respaldo - Cuando me sacaron de casa me metieron en un auto que esperaba. Me vendaron los ojos y me pusieron el caño de un revólver contra la nuca. Anduvimos unos diez minutos y el auto se detuvo; me sacaron a empellones, yo casi no podía caminar por la paliza que me habían dado en casa; me tiraron al suelo. Hablaban entre ellos en voz baja, no podía entender lo que decían, tenía miedo que me asesinaran. Me insultaron, me dijeron que era un comunista y que los rojos como yo íbamos a terminar todos muertos, que no me mataban de pura lástima y que les dijera a los otros que la próxima vez iba a ser peor, que los que mandaban eran ellos - querían decir los burócratas del Sindicato - y que si tratábamos de agitar a la gente contra ellos nos iban a declarar una guerra sin cuartel. Me patearon la espalda…

- ¡Hijo!

- …alguien llegó en otro auto, los oí hablar. Yo estaba tirado en la tierra, el aire fresco me hacía bien y me estaba recuperando, pero tenía los ojos vendados, la boca con cinta adhesiva y las manos atadas a la espalda; sólo mis pies estaban libres. La venda de los ojos no estaba muy firme y apoyando la cabeza contra un objeto puntiagudo, que resultó ser un trozo de baldosa, pude correr la venda lo suficiente como para espiar, y vi que estaban parados como a tres metros de mí; eran seis, uno de ellos estoy seguro que era Esquilante. Estaban discutiendo algo importante y con el calor de la discusión se movían y se iban alejando del punto donde estaba yo; a mis espaldas, en dirección contraria a la que ellos se movían, vi una tapia bastante baja; sentí que estaba lo suficientemente fuerte como para correr, rogué que no me descubrieran enseguida; me incorporé y agachado me fui acercando al tapial; ya casi había llegado cuando se dieron cuenta; estaba como a diez metros de ellos; vi un cajón y subí en él para pasar al otro lado; uno de los del grupo me vació el cargador de la pistola, sentí una picazón en la pierna. Me tiré al otro lado del tapial y me arrastré hasta unos arbustos para esconderme. Allí me quedé quieto; estaba exhausto y la pierna me dolía mucho. Uno se asomó por la pared e iluminó con una linterna, pero no me vio; otro dijo: "Dejalo, ese se llevó un buen susto, para que escarmiente". Arrancaron los autos y se fueron. El terreno en que había caído era grande y estaba todo tapiado; sosteniéndome en un árbol que crecía cerca de la pared pude volver a saltar al otro lado? Vi que la calle estaba pavimentada. No venían autos; me senté y esperé; todavía tenía las manos atadas a la espalda. Al rato pasó un coche, me vio y paró. Lo conducía un obrero y me trajo al Hospital… Ahora decime qué les ocurrió a Uds., ¿por qué venís a esta hora, y sola?

Doña Rosa se dispuso a hacer su relato.

- Bueno, te contaré - asintió - Cuando te pegaron yo me moría del dolor y la impotencia; después que te llevaron tu hermana y yo nos pusimos a llorar como dos bobas. Entonces llegó tu padre. Ahí se armó, porque dijo que si te habían llevado era porque te la habías buscado, que todos te llamaban comunista, que estabas poniendo en peligro el trabajo de todos los obreros y que no te iba a pasar nada; después de la Asamblea seguro que te largaban, dijo, esa era una vieja treta del Sindicato para intimidar a los revoltosos. Cuando lo escuché se me revolvieron las tripas, tenía ganas de gritarle que era un cobarde, no sé que cosa le dije, mandó que me callara la boca y levantó la mano como para darme, yo me enceguecí y agarré la cuchilla grande que estaba en la mesada de la cocina...

- ¡Mamá!

- ...sí, yo era como otra, y le dije "salí de mi camino porque te ensarto"; él no lo podía creer, qué sorpresa se llevó. Salí a la calle sin saber qué hacer, como perdida, pero convencida de que tenía que hacer algo, que todo dependía de mí y si yo no lo hacía, nadie lo iba a hacer por mí, y como no se me ocurrió otra cosa fui a la casa de Doña María, la vecina, y le conté lo que había pasado. Le dije que estabas en peligro y necesitaba su ayuda; el marido de ella aún no había regresado a la casa, y la señora dudaba de lo que yo le contaba, me dijo que ella esperaba a su esposo, a ver qué pensaba él; que cómo yo me ponía en contra de mi marido, que vos habrías cometido alguna falta, hasta que golpeó la puerta otra señora, Doña Teresa, y dijo que al marido de Doña María se lo habían llevado preso junto a varios otros obreros. Eso la decidió, y quedamos en que yo iba a ir a todas las casas del barrio que pudiera para avisar a las familias lo que estaba pasando, e invitaría a hombres y mujeres a reunirse en casa de Doña Teresa, mientras ellas iban a la Comisaría para ver si los presos estaban bien y cuántos eran; quedamos en encontrarnos una hora más tarde, para decidir entre todos cómo proceder. Cuando nos reunimos después había mucha gente; habían venido los obreros con sus esposas, estaban algunas de las mujeres de los encarcelados; Doña María contó que en la cárcel había diez presos y no le habían permitido ver a su esposo.

-¿A papá lo llevaron?

- No, a él no. Decidimos ir a la Comisaría a pedir que soltaran a los presos. Entonces las mujeres dijimos que era mejor si íbamos nosotras solas porque si veían también a los hombres capaz que pegaban o tiraban gas y podía haber más presos, y que los hombres fueran a la fábrica a avisar a los otros obreros del turno noche para que todos supieran lo del encarcelamiento de los compañeros y se dieran cuenta que era una campaña de intimidación y una trampa organizada por el Sindicato para favorecer a la Patronal en contra de los intereses de los trabajadores. Votamos, ganó la moción y fuimos todas las mujeres a la Comisaría. Nos paramos en la vereda y empezamos a gritar que liberaran a los presos, y que no nos íbamos de allí hasta que estuvieran libres. El Comisario salió y nos dijo que nos fuéramos; nosotras teníamos tanta rabia que lo empezamos a insultar, y el tipo nos largó a los policías y nos pegaron…

- ¡Hijos de puta!

- …pero no me vas a creer, entre tres señoras agarramos a uno, una señora lo agarró por el cuello y la otra le tiraba de los pelos y yo lo pateé entre las piernas que casi se los reviento…

- ¡Mamá!

- …esa patada fue para vengarte a vos. Nos defendimos a ladrillazos, los policías estaban bien sorprendidos, sentimos la sirena y nos dimos cuenta que les iban a llegar refuerzos, así que nos escapamos antes que pasara alguna desgracia y fuimos todas a lo Román a reunirnos con los hombres… Ellos habían ido a la fábrica y los guardias no los habían dejado pasar, pudieron hablar con un camionero y este avisó a los obreros, salieron tres a hablar con ellos, pero desconfiaban del grupo… Ahí llegó una señora y dijo que te habías escapado de los secuestradores y estabas en el Hospital, herido pero bien. Discutimos entre todos qué podíamos hacer. Los compañeros propusieron ir a la fábrica a las tres de la madrugada, cuando salieran los del turno noche e informarles de la situación. La moción ganó por unanimidad; me dijeron que no hacía falta que yo fuera, que me viniera al Hospital para verte si quería; respondí que no, que para mí era importante estar junto a ellos…

- Muy bien - aprobó orgulloso Eduardo.

- …queríamos entrar en la fábrica y hablar con los compañeros; plantearles lo que había pasado, antes que los del Sindicato, con sus manipulaciones y mentiras, usaran la Asamblea de la noche para meterse a todos en el bolsíllo. La cuestión que llegamos a la fábrica y, cuando estábamos hablando con los obreros del turno noche, vino un Delegado y se empezó a tirar en contra nuestra, dijo que nuestras ideas eran una locura, que las cosas se hacían de a poco, que perderían el trabajo, y cosas así, y cuando todos le silbaron, dijo que los que estaban presos eran comunistas. Con todas esas mentiras los confundió y los del turno noche se empezaron a ir, y cuando nos dimos cuenta de lo que estaba pasando y quisimos reaccionar ya cerraban las puertas de la fábrica. Quedamos todos desmoralizados, pero dijimos que trataríamos de hacer una Asamblea en la mañana, cuando entraran al trabajo los del turno diurno y quedamos en encontrarnos allí. No se volvió a votar, la gente se dispersó.

- ¿Y piensan tratar de hacer la Asamblea por la mañana?

- Yo creo que todas las mujeres van a ir; yo aprendí muchas cosas anoche, y estoy segura que las otras también.

- Los del Sindicato ya habrán informado de todo a la Patronal, y mañana van a poner policías y tomarán medidas especiales de seguridad - dijo Eduardo, pensativo.

- No me importa, no me voy a quedar cruzada de brazos - afirmó su madre - llevaré el revólver que tu padre guarda en el ropero. Esta vez no me van a agarrar desarmada como cuando nos corrió la policía; si ellos están armados, nosotros también.

- Pero mamá - dijo su hijo, asustado - así no se pueden hacer las cosas…

- ¿Cómo? - reaccionó Doña Rosa, herida - ¿vos también, mi hijo, sos un contrera? Decime que soy estúpida ahora…

- No, mamá - le explicó Eduardo - pero date cuenta, Uds. se quedaron sin ninguna táctica. Todo lo que pasó fue espontáneo, no tenían líderes, por eso fue fácil para el Delegado embaucarlos, no sabían bien qué hacer. Cuando fuimos nosotros antes al Sindicato nos pasó lo mismo.

- Pero ahora sé lo que voy a hacer - afirmó Doña Rosa - voy a llevar un revólver.

- Así no se resuelven los problemas, mamá, el momento ya pasó.

- Eso es lo que decía el Delegado - dijo ella, decepcionada.

- No, mamá - le explicó el hijo - el Delegado está a favor de los burócratas del Sindicato, y los burócratas están interesados solamente en hacer arreglos con la Patronal y llenarse los bolsillos. Yo estoy en contra de los burócratas, aunque no en contra del Sindicato en sí, que es la organización obrera más importante para luchar por nuestras reivindicaciones. Pero aquí se trata de una cuestión de seguridad física: te tenés que dar cuenta que ir a la entrada de la fábrica a las siete y media de la mañana, armada, sabiendo que eso va a estar lleno de policías, es suicidarse, ¿y vos no te querés suicidar, no es cierto?

- No - aceptó Doña Rosa - Pero entonces, ¿no se puede hacer nada?

\- Sí, se puede hacer algo - afirmó Eduardo - luchar en un Partido político, con un programa revolucionario.

Su madre se levantó de la silla, retrocedió y exclamó incrédula.

\- ¡Hijo…!

\- ¿Qué? - preguntó Eduardo, sin comprender del todo la reacción de su madre.

\- ¿Entonces es cierto?

\- ¿Qué cosa?

\- Eso que dicen, que sos comunista…

\- Sí, mamá - confesó Eduardo.

Doña Rosa se cubrió la cara con el antebrazo.

\- ¡Qué desgracia - exclamó, entrecerrando los ojos - mi hijo comunista!

\- ¡Pero mamá…!

\- No, yo eso no lo quiero - dijo Doña Rosa, agitada - te llenan la cabeza, te la deforman, es como en el Gulag, te meten en campos de concentración…

\- No, mamá - dijo Eduardo, tratando de contener una sonrisa ante la reacción de su madre - no tengas miedo.

\- No tratés de convencerme de nada - continuó Doña Rosa - yo soy una mujer libre, no me llenés la cabeza, soy tu madre, tenés que respetarme.

- Yo no quiero llenarte la cabeza, mamá; lo único que quiero es que mañana no vayas a la fábrica, y menos armada.

- No, no iba a ir armada - murmuró la mujer - era un decir.

- Directamente no vayas - le pidió Eduardo.

- Sí, voy a ir - afirmó Doña Rosa - ¿qué van a decir las otras señoras si no voy?

- Mañana no va a ir casi ninguna - aseguró su hijo.

- Hoy dirás - dijo Doña Rosa, mirando su reloj pulsera - faltan tres horas para que abran la fábrica.

- Ahora andá a casa y dormí - le pidió Eduardo, estrechándole cariñosamente la mano - descansá, que te hace falta.

- No sé si quiero volver a casa - dijo Doña Rosa - no quiero verlo a Juan.

- Pero mamá, ¿adónde vas a ir?

- No tengo ningún otro lugar adonde ir - dijo ella, colocando sus manos sobre el pecho - Estoy sola en el mundo, mi hijo me abandona.

- Mamá, vamos, no te pongas así - sonrió Eduardo - Mi punto de vista es diferente al de los demás obreros. Es cierto lo que dicen: soy comunista y yo te voy a explicar cómo hay que hacer para luchar y ganar.

- No, ¡nunca me haré comunista! - exclamó Doña Rosa.

- No seas trágica - digo Eduardo, acomodando su almohada para recostarse - despúes hablaremos de esto.

- ¿Las mujeres pueden ser comunistas también?

- Claro, como no. Hay muchas mujeres comunistas.

- ¿Aunque sean viejas?

- Sí, vos no sos tan vieja, sos una mamá simpática.

- Bueno, por lo menos me puedo dar corte de que tengo un hijo buen mozo - dijo Doña Rosa, sonriendo.

- Y yo de que tengo una vieja corajuda.

Un escalofrío recorrió el cuerpo de Doña Rosa y la mujer movió los hombros con ademán nervioso.

- ¿Qué te pasa, por qué temblás? - le preguntó el hijo, viendo su reacción.

- No sé, tengo como chuchos.

- Andá a dormir a casa.

- ¿No me puedo quedar a dormir en esa cama - preguntó Doña Rosa, señalando una cama vacía que había en la habitación - como acompañante?

- Sí, seguro, cómo no se me ocurrió - dijo Eduardo, que no había pensado en eso - Te quedás ahí, así yo también puedo dormir tranquilo, sabiendo que no vas a hacer ninguna locura. Dame un beso, mamá. Cuando pase todo esto vamos a hablar bien.

Doña Rosa besó a su hijo en la mejilla, encendió el velador, apagó la luz de la sala y se fue a acostar en la otra cama.

- ¿Y la Asamblea de mañana? - preguntó a su hijo, a los pocos minutos.

- Se pondrán de acuerdo entre ellos. Van a manipular todo - respondió Eduardo.

- ¿ Te duele la pierna?

- No, yo también voy a dormir… - murmuró Eduardo, entrecerrando los ojos.

Dormitaron por un rato.

- Eduardo… - llamó otra vez Doña Rosa.

- ¿Qué?

- No me puedo quedar, no me voy a dormir.

- ¿Por qué?

- La nena se va a asustar si se despierta y no me ve. Le tengo que preparar el desayuno.

Doña Rosa se incorporó en la cama.

- Que se lo prepare sola - dijo Eduardo.

- No, estoy segura que si yo no se lo preparo no toma nada. Vos sabés como es ella. Después se debilita.

- ¡Pero mamá! - se quejó su hijo.

- Bueno - exclamó ella, encogiéndose de hombros - ¡una al final es madre, eso no lo pierdo nunca!

- Está bien, mamá. Pero prométeme que no vas a ir a la fábrica.

- Está bien, te lo prometo.

- Un beso.

- Chau.

Doña Rosa salió del Hospital y caminó hacia su casa. Se iban disipando lentamente las sombras de la noche. Amanecía. Tuvo una sensación extraña: todo lo vivido le pareció un poco irreal.

"Mi hijo está en lo cierto - se dijo - Para luchar hay que organizarse. ¿Se habrá enojado Juan? Me siento como tonta, al final soy una vieja. ¿Quién me va a llevar el apunte? Todo fue como una ilusión, pasó tan rápido, pero mientras estaba ocurriendo me sentí fuerte. ¿Habrá sido verdad? Eduardo tiene razón, nadie sabía bien lo que quería, nos íbamos por las ramas. Después de todo yo no trabajo en la fábrica, soy la que limpia la casa, la sirvienta, pero no voy a dejar más que me manden. ¡Qué se creen, una también es un ser humano!"

Llegó a su casa. Abrió la puerta de calle con temor. Su esposo estaba en el baño.

- Hola - saludó, yendo hacia la cocina - ¿Te preparo el café con leche?

- Sí - dijo Juan.

- ¿Ya te afeitaste?

- ¿ No ves que no o sos ciega? - dijo él, malhumorado.

- Bueno, te pregunto - se defendió ella - Voy a despertar a la nena.

- Preparame un sánguche para llevar a la fábrica - ordenó su marido.

Doña Rosa se dirigió al dormitorio de su hija.

- ¡Nena, ya es hora de levantarse! - dijo, abriendo la persiana para que entrara luz.

- Estoy cansada… - respondió Carmen, sin abrir los ojos.

- Vamos que se hace tarde.

Fue a la cocina e hizo café fresco. Calentó la leche y le sirvió el desayuno a su esposo. Juan se sentó a la mesa y tomó un sorbo de la taza.

- Este café está asqueroso - dijo, retirando la taza de enfrente suyo.

- Bueno… - dijo Rosa, sin atinar a defenderse.

Sonó el teléfono.

- Yo atiendo - dijo Doña Rosa - ¿Quién? - preguntó - …sí, un momento. Es para vos - dijo, extendiendo el receptor hacia su esposo.

- Juan se levantó de la mesa.

- A ver…sí, hable…ah, sos vos.
Doña Rosa fue al dormitorio de su hija.

- ¿Los soltaron? - continuó Juan, poniendo expresión de contento - qué suerte, ¿están bien?...¿las puertas de la fábrica están cerradas, asueto?...bueno, mejor, así no se arma lío…chau… ¿oíste Rosa?

- A medias, ¿qué paso? - preguntó ella, regresando a la cocina.

- Los largaron a los diez, no les hicieron nada, y hoy la fábrica no abre las puertas: asueto por la Asamblea.

- Bueno…

- ¿Viste como tenía razón? ¡Si las mujeres no saben nada!

- No empecemos de nuevo - dijo ella, sin levantar la vista.

- Así que hoy no voy a trabajar, todo el día en la catrera - dijo Juan, contento - ¿Eduardo está bien?

- No creo que te importe mucho.

- ¿Cómo no me va a importar? Es mi hijo, ¿no?, aunque a veces haga tonterías.

- Sí…está bien… - dijo ella, sumisa.

- Mamá, ¿la fábrica está cerrada? - preguntó la hija desde el dormitorio.

- Sí.

- Yo tampoco quiero ir a trabajar - dijo Carmen - Hablá a la oficina y deciles que estoy enferma.

- ¿Enferma?

- Sí, deciles cualquier cosa, que estoy descompuesta, que vomité, cualquier cosa; estoy cansada, casi no dormí.

- Sí, todos vivimos demasiadas tensiones anoche - aceptó Doña Rosa - mejor quedate a dormir.

- Rosa, más tarde voy a ir al Hospital a verlo a Eduardo - dijo su marido - Hoy es día de Asamblea y eso hay que festejarlo, puede haber decisiones importantes.

- Yo no sé si sos crédulo o es que le tenés ganas a un puestito en el Sindicato - dijo ella.

- ¿Cómo decís? - demandó Juan, agraviado.

- Nada, olvidalo… - se desentendió ella.

- Haceme el favor, Rosa, no me faltés el respeto. Lo que pasó anoche no lo tolero dos veces.

- Estoy demasiado cansada para discutir. Voy a hablar a la oficina para decir que la nena no va y me acuesto a dormir.

- Muy bien - afirmó Juan, con satisfacción - Hoy asueto para todos, todo el mundo a dormir.

- Sí - dijo Doña Rosa - yo creo que es lo mejor.

Segunda parte

Doña Rosa había terminado de servir el desayuno a su familia. Como siempre, se demoraban para dejar la casa.

- ¡Apúrense que se les hace tarde! - dijo la señora.

- ¡Ya terminamos! - contestó su esposo, bebiendo el último sorbo de café y yendo hacia la puerta de calle.

- Ah…mamá… - se detuvo Eduardo - ¿puedo hablar con vos cuando vuelva del trabajo?

- ¿Hablar conmigo? - dijo Doña Rosa, sobresaltada - ¿sobre qué?

- Bueno…- explicó Eduardo - después de la famosa noche en que me hirieron y Uds. se movilizaron para reclamar por los presos, vos y yo hemos hablados muy poco del asunto…yo diría que casi nada y ya pasaron varias semanas, mamá. No sé - dijo él, mirándola a los ojos - pareciera que lo hemos olvidado, o que quisiéramos olvidarlo, como si hubiera sido un sueño.

- En algún sentido fue un sueño - dijo la madre bajando la vista.

- Quisiera hablar sobre ese sueño - insistió el hijo - ¿Puede ser?

- Bueno… - asintió tímidamente Doña Rosa.

- Esta noche.

- Sí, esta noche…

- ¡Chau, mamá! - la saludó Carmen, besándole la mejilla.

- Yo también me voy - dijo Eduardo a su vez, besando a su madre y disponiéndose a salir.

- Chau, hijos, hasta luego - los despidió la madre, acompañándolos a la puerta para verlos partir.

Esa noche, después de la cena, Eduardo se acercó a su madre. Ella había terminado de lavar los platos. Su padre estaba en la sala, mirando televisión.

- Entonces, mamá, llegó el momento de hablar.

- Sí, hijo - aceptó ella, sentándose a la mesa de la cocina - Yo no me olvidé de todo lo que pasó, sabés - dijo reflexivamente - lo que sucede es que después la vida es diferente…Una sigue su rutina, cocina, limpia…

- Pero yo creo que es importante que hablemos.

- Sí, sí, estaba un poco asustada, eso es todo.

- Vos no sos la misma después de aquella noche.

- Sí - aseguró Doña Rosa - yo creo que soy la misma o casi la misma.

- Cuando hablamos en el hospital vos me dijiste que habías aprendido cosas. Aquella noche te rebelaste, primero contra papá, y después, junto a las otras mujeres, contra los manejos de los matones del Sindicato y contra la policía…Las mujeres tuvieron un papel muy importante en lo que pasó aquella noche.

- ¿Vos creés?

- Seguro…- explicó Eduardo - Aunque al día siguiente la Asamblea haya sido un fracaso para los obreros, la Patronal, al cerrar la fábrica ese día, demostró hasta qué punto nos teme…Y al secuestrarme a mí y encarcelar a diez obreros más pusieron en evidencia que no son tan fuertes.

- ¿Cómo que no? - preguntó Doña Rosa, sin entender la lógica de su hijo - Hicieron lo que se propusieron, ¿no?

- Sí, pero si para ganar tienen que encarcelar trabajadores, esa ganancia es un arma de doble filo. Pueden pagar un costo muy alto por eso.

- ¿Por qué?

- Bueno…fue represión…- explicó Eduardo.

- ¿Y…?

- Imaginate si los trabajadores hubieran reaccionado con más violencia…

- Pero no entiendo - dijo Doña Rosa, confundida - eso no pasó, ¿qué querés decir?

- Quiero decir que podría haber pasado, y uno de los fundamentos de la política es prever lo que puede pasar.

Doña Rosa suspiró.

- No creo que sea muy fácil.

- Bueno… - insistió Eduardo - sabiendo quiénes son los que luchan, quién está de un lado y quién del otro, y qué intereses defiende cada uno, se pueden figurar los pasos del contrario.

- Ya veo, es como un ajedrez.

- Más o menos, la historia no es tan lógica como el ajedrez, mamá.

- Así que esa noche los pusimos en dificultades - dijo Doña Rosa, con satisfacción.

- Sí, más vale…los pusimos en peligro, se asustaron, nos tuvieron miedo…

- ¿Miedo, a nosotros? - preguntó extrañada.

- Sí, ¿sabés por qué?

- ¿Por qué?

- Porque si todos los obreros nos ponemos de acuerdo y, por ejemplo, hacemos una huelga, la fábrica para, se interrumpe la producción, ellos no ganan dinero…y además pierden todo el dinero que hubiesen podido ganar si la fábrica hubiera estado funcionando.

- Ah, claro - exclamó Doña Rosa, admirada de la explicación.

- Ellos tienen el capital, tienen las máquinas, pero si nosotros no producimos…¿te das cuenta?

- Sí, es como un arreglo, como un acuerdo hecho entre las partes.

- Bueno, ellos tratan de que haya acuerdo.

- ¡Qué bien!

- No tan bien - dijo Eduardo - Para nosotros eso no es tan bueno.

- Pero gracias a eso Uds. tienen trabajo y podemos vivir - argumentó Doña Rosa.

- Sí, tenemos trabajo, pero nos pagan muchísimo menos que lo que producimos.

- Eso es injusto - dijo ella, indignada.

- Claro, nosotros vivimos pobremente, mientras los dueños de la fábrica, los del Directorio y los capataces tienen casas y autos, se van de vacaciones al extranjero y tienen todo tipo de privilegios y riquezas.

- No olvidemos que ellos también trabajan - los justificó Doña Rosa.

- Sí, trabajan controlándonos y explotándonos a nosotros.

Doña Rosa no dijo nada. Las razones de su hijo eran contundentes. Quedó en silencio y como atemorizada.

- Mamá, ¿te acordás lo que hablamos aquella noche?

- …sí… - balbuceó ella.

- …de que yo era comunista.

- …sí, hijo… - dijo, con un hilo casi imperceptible de voz.

- ¿Te da miedo? - preguntó Eduardo, entendiendo la inhibición de su madre.

- …sí…

- …a mí también…

- ¿A vos también te da miedo? - preguntó, desconcertada, Doña Rosa.

- Sí. ¿Te acordás lo que pasó aquella noche, mamá, cuando Uds. fueron a hacer una manifestación frente a la Comisaría para que largaran a los presos y la policía las atacó? Vos me lo contaste. Uds. se defendieron y vos le pegaste una patada en las bolas a un policía, ¿te acordás?

- ¡Sí…ja, ja…! - rió su madre.

- Bueno, lo que ocurre con la militancia revolucionaria es algo parecido a lo que pasó aquella noche. Uno tiene miedo, pero es algo que tiene que hacer.

- ¿Tiene que hacer? - repitió, inquisitiva, Doña Rosa.

- Sí, lo tiene que hacer para ser libre.

- Entiendo - argumentó ella - pero mirá, si después te encarcelan, o te pegan, o te dan un balazo como hicieron con vos, ya no sos más libre.

- Puede parecer tonto, pero soy libre. No sé, es una libertad un poco difícil de entender, un poco paradójica.

- No comprendo.

- Sí, quiero decir que mientras uno no sabe que lo están oprimiendo y que nunca va a poder realizar los sueños que siempre tuvo, ni ser tratado con respeto, como se merece, uno acepta estas cosas como una fatalidad; pero cuando uno es consciente de que todo eso sucede, entonces…si se cruza de brazos…se humilla a sí mismo, se denigra, no sé, una vez que uno lo sabe ya no se puede ser feliz.

Los ojos de Doña Rosa se llenaron de lágrimas.

- …hijo…mi hijo… - balbuceó.

- Vos también sentís algo parecido a lo que yo siento, mamá, ¿no es cierto? No llores.

- Sí, sí, basta… - confesó finalmente Doña Rosa - después de aquella noche, cuando pasó todo lo que pasó, yo ya no pensé en lo que había ocurrido en la fábrica, eso…casi lo olvidé, pero me hizo dar cuenta de otras cosas…yo ya no era más la persona decidida que aquella noche había ido a la comisaría con las otras mujeres, lo único que hacía en mi casa era limpiar, limpiar todo el día, y tenía siempre que callarme la boca, porque Juan me manda callarme la boca, y no es que él sea malo, todos los otros maridos hacen lo mismo con sus mujeres…pero yo sentí…no sé…sentí que aquí nadie me trata con respeto, nadie se da cuenta que yo…no sé…que a mí me gustan tantas cosas…aunque tenga cincuenta y tres años y sea una vieja…

- Mamá… - dijo Eduardo, emocionado, acercándose a su madre - dejame que te abrace.

- Hijo…hijo querido… - exclamó Doña Rosa, estrechándolo contra su pecho.

- Mamá…yo te comprendo, yo te quiero… Mamá, yo conozco a otras mujeres que son como vos.

- ¿Otras mujeres como yo?

- Sí, otras mujeres que sienten y piensan lo mismo que vos, y están luchando por cambiar, por ser distintas.

- ¿Sí? - dijo Doña Rosa - ¿y cómo hacen?

- Bueno - dudó Eduardo - primero te quiero pedir que no me tengas miedo…

- ¿Miedo a mi hijo?

- Sí, por lo de comunista. Algunas son compañeras del Partido y otras son mujeres que simpatizan con sus ideas. Si hablás con ellas van a comprenderte y te pueden ayudar; yo sé que a vos eso te va a hacer bien.

- ¿Y no tengo que hacer nada a cambio?

- No, si vos tomás alguna decisión, será por tu propia voluntad, nadie te va a obligar a nada…yo soy tu hijo y no permitiría que hagan eso, ¿no?

- Sí, claro, si vos estás ahí…yo en vos confío con los ojos cerrados, para eso sos mi hijo. Pero yo me pregunto, Eduardo, no sé…una mujer como yo…vieja…que no trabaja, ¿puede servir para algo en un partido político?

- Sí, puede. Cuando uno conoce cosas de sí mismo que antes ignoraba, y aprende algo nuevo sobre el mundo, una persona que antes se sentía vieja, sin ilusiones, cambia, ¿no?, y de pronto tiene cosas para hacer y está llena de vida.

- Sí, empiezo a comprender - dijo Doña Rosa, reflexionando - Esa noche, la noche que te balearon, yo me sentí distinta, sentí que pasaban cosas y estaba llena de vida, pero después todo volvió a ser lo mismo, sabés…y pensé que habían sido cosas de una noche, pero quisiera volver a sentirme como aquella noche otra vez.

- Sentirte libre, mamá - afirmó Eduardo.

- No sé si libre, pero al menos no estar cruzada de brazos, esperando que pase el tiempo, y esperando que mis hijos y mi esposo vuelvan del trabajo, y que cada uno me diga lo que tengo que hacer, siempre esperando…no sé…esperando como para morirme ¿no?

- …mamá…yo quiero que cambies, ¿te das cuenta? - dijo Eduardo, emocionado por la sinceridad de su madre.

- Sí, ¿pero entendés?, tengo un poco de miedo, yo siempre hice lo mismo. Me casé cuando me tenía que casar, con un hombre que era como mi padre, un trabajador…un hombre bueno y sencillo, e hice lo que me dijeron: tuve hijos, los crié, mantuve mi casa limpia…y ahora, no sé, encuentro que soy una vieja y no soy nada…y la culpa de esto la tiene aquella noche, que me hizo pensar tantas cosas…

- Sí, pero aunque sea doloroso, mamá, aunque tengas que aprender muchas cosas sobre vos misma que a lo mejor preferirías no saberlas…siempre hay tiempo para cambiar mientras uno está vivo; la vida es eso, si uno se deja estar, si uno no lucha…está como muerto en vida.

- Sí, hijo - aceptó Doña Rosa - pero…¿cuándo termina la lucha?, porque yo tengo una edad en que quisiera vivir tranquila…ahora que mis hijos son grandes…lo que no hice en tantos años de vida no lo voy a hacer ahora.

- Entiendo, pero ¿cómo puedo explicarte, mama?...mientras uno lucha…se supera a sí mismo…y entonces…vive, cambia, aprende cosas nuevas…descubre aspectos de su vida que de otra manera hubieran quedado ocultos para siempre y uno hubiera muerto sin haberlos experimentado… entonces, al luchar…se obtiene tanto de sí mismo que el solo esfuerzo por transformarse es un placer, el placer de la creación. Vos sos madre, y aunque yo, naturalmente, nunca he experimentado la maternidad en carne propia, debe ser como cuando una madre hace un hijo, lo siente crecer adentro, vivir, y sufre, ese ser es parte de sus entrañas, parte de sí misma, y después lo larga al mundo y el niño se separa, y ella siempre estará atada a ese hijo y ese hijo también atado a su madre por un lazo de amor. Ese sentimiento trágico también nos deja intuir la otra separación que nos aguarda: la muerte, pero nosotros, mamá, así y todo luchamos por vivir, ¿te das cuenta?, eso es lo hermoso. Mamá…vos me diste a mí la vida, me diste todo lo que soy, ahora yo también quiero darte un poco de vida a vos.

- Hijo, hijo… - balbuceó Doña Rosa, muy emocionada, llorando sobre el hombro de su hijo.

- Abrazame, mamá.

- Estamos llorando como dos tontos…

A la mañana siguiente, Doña Rosa se despertó con mucho más ánimo. Hizo el trabajo de la casa, y pensó en lo que había hablado con Eduardo.

"Mi hijo tiene razón - se dijo - Yo no sé si puedo cambiar, pero al menos tengo que intentarlo. Estoy viva, ¿no?, y me gusta la vida. Me da miedo, pero igual voy a probar. ¡Ah, si fuera joven!, ¡si hubiera vivido esto hace veinticinco años! ¡Entonces todo habría sido distinto!

Miedo a los comunistas, lo que se dice miedo, no les tengo. ¿Por qué iba a tenerles miedo? ¿Acaso mi hijo no es comunista? Voy a ir a las reuniones del Partido, y vamos a ver qué pasa, si les creo o no, porque ellos tendrán sus razones…".

Pocos días después Eduardo le avisó a su madre que había hablado con los dirigentes del Partido y estos expresaron su deseo de tenerla a ella como simpatizante. La citaron en la sede una noche y Rosa fue recibida por los miembros. Un dirigente de edad, un señor delgado, de cabello blanco y nariz prominente, improvisó la presentación.

- Camaradas, presten atención por favor - dijo el hombre, con una voz hermosa y pausada, que contrastaba con su pobre aspecto físico - voy a presentarles a una nueva simpatizante del Partido. Es la madre de uno de nuestros miembros jóvenes más destacados: el activista obrero Eduardo Terán. La Sra. de Terán, a pesar que nunca tuvo militancia política, posee una experiencia muy importante que la coloca en una situación especial: ella fue una de las principales líderes espontáneas de los sucesos ocurridos hace pocas semanas en la fábrica, después del accidente en que perdió la mano el obrero Maitena. Cuando los matones del Sindicato secuestraron a nuestro camarada, Eduardo, la Sra. de Terán organizó a las mujeres y dirigió la marcha a la Comisaría para pedir por la libertad de los diez obreros detenidos y la aparición de su hijo; en esas circunstancias hubo corridas y las mujeres, lejos de acobardarse y huir, lucharon contra los policías y los mantuvieron a raya a ladrillazo limpio; y dicen que no se llevaron la peor parte...

- ¡Bravo! - gritó un joven militante - ¡Esas son mujeres!

- Todos Uds. conocen el resto de los sucesos - continuó el dirigente - cómo los burócratas del Sindicato maniobraron para meterse la Asamblea en el bolsillo y abortar las reivindicaciones obreras...

- ¡Seguiremos luchando por esas reivindicaciones! - interrumpió un hombre.

- ¡Viva la clase obrera! - gritó otro.

- ¡Viva! - repitieron al unísono todos los presentes.

- ...hoy la Sra. de Terán se acerca a nuestro Partido como simpatizante - prosiguió el dirigente - y quiero darle una calurosa bienvenida.

- Un aplauso para la Sra. de Terán - pidió una señora.

Todos aplaudieron.

- Vamos a demostrarle que los comunistas no nos comemos a nadie - dijo un hombre.

- ¡Qué hable la Sra. de Terán! - gritó un muchacho.

Doña Rosa no se hizo rogar.

- Muchas gracias por su amabilidad - dijo, sinceramente emocionada por ese recibimiento que no esperaba - No sé si merezco esta recepción tan amistosa que me dan, pero quiero agradecerles a todos ustedes, a mi hijo Eduardo, y al señor dirigente…

Rosa se detuvo un momento como buscando una palabra y lo miró.

- Ricardo - dijo el hombre en voz baja - …llámeme Ricardo, por favor…

- …al señor dirigente Ricardo - siguió Rosa. Vengo al Partido como simpatizante, para aprender de Uds. Mi hijo Eduardo me ha hablado mucho de los ideales de los comunistas y de sus deseos de luchar por que cambien…por que cambien las cosas…y yo… - vaciló Rosa - …yo también quiero cambiar… pero veo que no se puede cambiar si no cambiamos también a los demás…y para eso hay que saber cómo…Mi hijo Eduardo dice que Uds. tienen una respuesta para esto…y aquí estoy, para aprender de Uds.… Si no es muy tarde para mí, me gustaría encontrar el camino…

Esa misma semana empezaron las reuniones políticas. En esos encuentros las mujeres simpatizantes comentaban los temas propuestos y debatían algunas cuestiones de actualidad. Le asignaron a Rosa un "contacto teórico": una señora encargada de velar por su educación política, que le traía artículos y libros para leer y luego los discutía con ella. Doña Rosa se enfrentó con sus primeras lecturas después de muchos años; leyó el "Manifiesto comunista" y otros escritos marxistas básicos. Quedó muy contenta de la experiencia.

"Hace ya tres semanas que nos reunimos con las chicas del Partido - se dijo, a poco de comenzar su nueva vida - ¡Qué gente interesante! ¡Y qué inteligentes, quién hubiera dicho que las mujeres podían saber tanto! Lástima que haya que leer tantos libros, a mí leer me cuesta bastante, yo entiendo más cuando veo las cosas en la práctica. Las chicas prometieron ayudarme. A lo mejor, algún día voy a ser tan culta como ellas. Según explicó Ricardo, el dirigente, en la charla que nos dio ayer, los libros no son un fin, son un medio, sirven para explicar por qué ocurren cosas como las que pasaron en la fábrica, así podemos interpretarlas y saber qué hacer. Y para eso hay que entender las experiencias "con sentido histórico". ¡Ay, ya se me pegó una frase de Ricardo! ¡Qué linda frase, "con sentido histórico"…!".

Una noche, después de cenar, Rosa asistió a una reunión política en el Partido. Para eso tuvo que previamente mentirle a su marido: se justificó diciéndole que iba a ver a su nueva amiga, Amanda. Llegó a la sede y se encontró con varias mujeres. Aún faltaba que llegaran algunas compañeras, y mientras las aguardaban, Rosa aprovechó para conversar con Norma, su contacto teórico-político.

- ¿Leíste el libro que te presté, Rosa? - dijo la señora.

- Sí.

- ¿Qué te pareció? - preguntó.

- Me pareció difícil - respondió sinceramente Rosa.

- Siempre parece difícil al principio - la confortó la mujer - pero, en general, ¿estás de acuerdo con lo que dice el autor?

- Sí, estoy de acuerdo - dijo Rosa - esta sociedad está en crisis, yo me doy cuenta, las cosas no van bien.

- Claro, no van bien, y eso tiene causas socioeconómicas, como lo reconoció Marx. No van bien, ni pueden ir bien mientras no haya un cambio social.

- Sí, un cambio en la "propiedad", ¿no? - dijo Rosa.

- Efectivamente, la propiedad privada es uno de los bastiones del método de producción capitalista; Marx creyó que la sociedad capitalista sólo podía alcanzar una determinada etapa de desarrollo, más allá de la cual, los intereses del sistema entraban en conflicto entre sí y las contradicciones llevaban a los capitalistas a enfrentamientos y luchas, a crisis periódicas, que ellos resuelven entrando en ciclos de recesión, y que siempre pagamos los trabajadores. Esta irracionalidad del sistema sólo puede terminar si desaparece la propiedad privada y se expropian a los capitalistas los medios de producción. Pero los capitalistas, en esta época de crisis y decadencia, son particularmente viciosos, sádicos y violentos y no se van a dejar sacar el capital por las buenas. Los trabajadores, que somos las víctimas de ese sistema, tenemos que organizarnos en un partido político para poder un día hacer la Revolución que lleve al proletariado al poder, y nos permita expropiar para siempre a los capitalistas y mandarlos a donde merecen estar: el museo de las cosas viejas.

- Sí, claro - reflexionó Rosa, haciendo un gesto aprobatorio con la cabeza.

- Y nosotros, como comunistas - siguió la señora - tenemos que organizarnos políticamente para que cuando llegue ese momento podamos tomar el poder, como hicieron los rusos en épocas de Lenín.

- Yo siempre me acuerdo - dijo Rosa - cuando las mujeres participamos junto a los hombres en la lucha para pedir mejores condiciones de trabajo en la fábrica, nosotras sentíamos que estaba bien hacerlo, estaban abusando de nuestras familias y teníamos que defendernos.

- Así es, los capitalistas constantemente están explotando a los obreros, no cuidan de su seguridad y les pagan como sueldo una ínfima parte de lo que producen.

- Que a veces no alcanza ni para comer. En mi casa trabajan todos, trabaja mi marido, mi hijo, mi hija, y yo hago las tareas del hogar y, sin embargo, no nos alcanza para comprar todo lo que hace falta. Comida sí, pero ropa y otras cosas, muy poco. Vivimos con lo justo - dijo Rosa.

- Fijate vos, Rosa - dijo Norma - que supuestamente el capitalista tiene que pagarle al obrero lo necesario e indispensable como para que pueda comer y seguir trabajando, sostener su familiar y educar a sus hijos, para que en el futuro estos puedan ocupar su lugar. El obrero hace todo el trabajo, y el capitalista acumula el excedente del trabajo de este obrero y se lo apropia y lo derrocha según le plazca. Pero los capitalistas son tan mezquinos y hay tanta mano de obra desocupada, que los tipos se dan el lujo de pagar un salario que está por debajo de lo que el obrero consume, con el pretexto de que no obtienen la suficiente ganancia con la producción. Por eso en tu casa tienen que trabajar todos para parar la olla, porque los salarios están por debajo de lo que una familia necesita. A los esclavos se les trataba de proveer la comida suficiente porque si se enfermaban el dueño perdía su dinero, pero al obrero, si se enferma o se accidenta, lo reemplazan por otro. Nosotros tratamos de que los obreros tomen conciencia de la superexplotación a la que están sometidos. Por eso son tan importantes las luchas sindicales, cuyo objetivo principal es económico; queremos que aumente el poder adquisitivo de los trabajadores y puedan subsistir mejor, y que al mismo tiempo, comprendan el papel central que tienen en el sistema productivo y vean el carácter político y social de su opresión. Para el trabajador la única solución permanente a su problema es militar en un partido revolucionario; solo el Partido le puede ofrecer una respuesta política para cambiar la situación económica: expropiar a la economía burguesa y apropiarse de los medios de producción.

- Una luchando aprende muchas cosas - dijo Rosa.

- Sí, la solución no es conciliar ni entregarse, la solución es luchar. Por eso nosotros ahora combatimos a la Lista que está dirigiendo el Sindicato Metalúrgico en Villa Constitución, porque se la pasan haciendo acuerdos con la Patronal que son perjudiciales para los trabajadores, y les crean falsas ilusiones. Nosotros queremos destruir esas ilusiones para que vean la realidad: la forma en que la Patronal los explota. Haría falta una dirección revolucionaria Comunista en el Sindicato que les mostrara eso, y los llevara a luchar por conquistas que mejoren su nivel de vida. Esto a su vez les hará tomar conciencia de que hay una lucha de clases entablada, y que sólo podrán liberarse si aceptan esa lucha y se preparan para dar la batalla. Los capitalistas hacen todo lo posible para que no se den cuenta de eso: compran a los sindicalistas, usan las ideologías que tienen a su disposición, como el liberalismo burgués, y les crean esperanzas falsas de progreso; se valen de la religión y de la Iglesia, siempre dispuesta a darles una mano con tal de poder hacer su prédica anticomunista, inculcarles miedo y pedirles resignación; y limitan el acceso de los pobres a una buena educación. Nosotros hacemos lo contrario, ¿ves?, tratamos de enseñar a los obreros, de educarlos políticamente, de que tomen conciencia de su opresión y se preparen para hacer la revolución y liberarse.

- Nosotras, las mujeres, también tenemos que liberarnos - dijo Rosa - yo trabajo en mi casa todo el día.

- Y no estarás en pie de igualdad frente a los otros trabajadores mientras no puedas ganarte tu propio salario con tu trabajo. Pero viste como antes se trataba de mantener a las mujeres sin saber nada, para poder oprimirlas mejor.

- ¡Hay que liberarse, hay que liberarse! - exclamó Rosa.

- Nosotras llamamos a eso la doble opresión. La mujer está oprimida por la situación económica que crea el capitalismo, y por la situación social de sometimiento que favorece, que hace de la mujer una especie de individuo de segunda categoría dentro de la sociedad, como sirvienta del hombre. Nosotras aquí aprendemos a luchar en pie de igualdad con el hombre. Todos somos camaradas, la mujer tiene un interés especial en la revolución.

Rosa la miró con admiración. Otra señora que estaba junto a ella escuchó parte de la conversación.

- Yo a veces me pregunto - se atrevió a decir la señora - ¿hace falta leer tantos libros y estudiar tanto para ser socialista?

- Vos sabés, Elena - le explicó Norma - el socialismo es algo científico.

- Científico… - repitió Elena - ¿pero vos sabés algo de ciencia?

- No - sonrió la señora - pero yo leo y entiendo. Las mujeres también podemos entender, ¿no?

- Sí, claro.

- Más que leer - confesó Rosa - a mí me gusta oír hablar a algunos de los hombres, como Ricardo, ¡ellos saben tanto!

- Oh, sí, Ricardo es realmente bárbaro - afirmó Norma - Ha sido dirigente del Partido durante muchos años.

- Sí, él tiene una convicción, una seguridad… - dijo Rosa con vehemencia - no sé, cuando lo escucho me transmite como una fuerza.

En ese momento llegó Amanda a la reunión, la señora amiga de Rosa.

- Buenas, ¿cómo les va? - las saludó la mujer.

- Muy bien, Amanda, ¿y vos?

- Bien también, ¿de qué estaban hablando?

- Hablábamos de todo un poco - dijo Rosa - de Ricardo…

- Ah, sí, Ricardo… - repitió aprobativamente Amanda.

- Rosa le tiene mucha admiración - dijo la otra señora.

- Sí, es verdad - admitió Rosa.

- Casi todas nosotras le tenemos admiración - dijo Amanda - Sin embargo, hay muchos hombres que están en contra de él.

- ¿Y cómo puede ser? - se admiró Rosa - si son todos comunistas.

La señora del Partido a la que habían puesto a cargo de la reunión general escuchó la conversación e intervino.

- Dentro de un Partido Comunista hay puntos de vista diversos y muchas veces algunos camaradas pueden disentir con otros sobre una determinada interpretación de un hecho político, y eventualmente esos camaradas pueden constituir una fracción distintiva, sosteniendo su opinión, y entrar en diálogo y discusión con el resto - explicó.

Habían llegado varias otras mujeres a la reunión. La líder las integró a la discusión política. Les describió el problema que discutían y las invitó a hacer preguntas.

- ¿Y cómo se ponen de acuerdo las fracciones entre sí? - preguntó Amanda.

- Discuten, y la que tiene la razón se impone sobre los otras - dijo la líder de la reunión.

- ¿Y si el dirigente no está de acuerdo con lo que dicen los miembros? - preguntó Rosa.

- En ese caso se hace lo que dice el dirigente. A eso le llamamos el "centralismo democrático" - explicó la líder.

- Ah, el "centralismo democrático"… - aceptó Rosa - A mí me parece que los otros no hablan tan bien como Ricardo, él tiene una claridad, su voz es tan metálica…

- ¡Ay Rosa, Rosa! - se burló Elena.

- ¿Qué pasa? - dijo Rosa, defendiéndose.

- ¡Hum, me parece que Ricardo…!

- ¡Vamos, no pensarás nada raro, no! ¡Si soy una vieja…y Ricardo también!

- Bueno - dijo Amanda, con ironía - el hecho de que una tenga unos cuantos años no quiere decir que todavía no sienta atracción por los hombres.

- Pero una atracción espiritual - completó Rosa.

- Sí, a veces espiritual y a veces sexual - le porfió la otra.

- ¡Oh, sexual, no digas disparates!, yo ni pienso en eso.

- El hecho de que no lo pienses no quiere decir que a veces no lo sientas - dijo Elena.

- Si lo sintiera también pensaría en eso, me daría cuenta - contestó Rosa.

- No hay peor sordo que el que no quiere oír… - dijo Elena.

- …ni peor ciego que el que no quiere ver… - completó Amanda.

- ¡Ay, Uds. dos me parece que hoy…! - dijo Rosa, disgustada por la broma.

- Será la primavera - dijo Amanda.

- Yo lo que decía de Ricardo es que…no sé… me gusta su personalidad…es tan buen mozo… - se justificó Rosa.

- ¿Tan buen mozo? - dijo Elena - ¿Con esa nariz que tiene? Aparte es viejo, tiene cerca de setenta años.

- ¡Qué va a tener setenta! - lo defendió Rosa - Tiene sesenta y tres.

- ¿Sesenta y tres - dijo Elena - con todo el pelo blanco? Parece que tuviera más.

- ¿Por qué no cambiamos de tema? - interrumpió la líder, viendo que la charla personal se prolongaba -¿Vos leíste algún libro para hoy, Amanda?

- Sí, yo estoy leyendo un libro.

- ¿Qué libro? - preguntó Rosa.

- Se llama *La revolución y el estado.*

- Ah…*La revolución y el estado* - repitió Rosa - ¿Y es fácil?

- Más o menos.

- ¿Qué dice en general? - preguntó la líder.

- Bueno, todavía no lo entendí mucho - dijo Amanda - Tengo que hablar con mi "contacto teórico" para discutirlo.

- Sí, a mí me pasa lo mismo - dijo Rosa - es difícil entender,

- Yo tengo más experiencia que Uds. - las estimuló la líder - van a ver que después se hace más fácil.

- Será lo que una ha ido tan poco a la escuela - se justificó Rosa - toda la vida lavando platos. Yo no sé cuántos libros habré leído antes de estos, me refiero a novelas. Creo que leí una o dos novelas cuando era chica, pero después no.

- A mí siempre me gustó mirar la televisión, los teleteatros - dijo Amanda.

- A mí me encantan los teleteatros, ¡son mi pasión - exclamó Rosa - ¿se acuerdan de "María'?

- Sí, la sirvienta que llegó del interior a la capital y se casó con el señor de la casa - dijo Elena.

- Sí, ¡qué romántico!

- Yo siempre lloraba cuando lo veía - aseguró una señora del grupo.

- Esos teleteatros son conservadores - dijo la líder.

- ¿Conservadores? ¿Le parece? - dijo una señora.

- Sí, la sociedad está dividida en sirvientes y señores.

- Y así es la realidad - notó Rosa.

- Pero nosotras nos rebelamos contra eso - afirmó Norma, el contacto de Rosa que ayudaba a la líder en la reunión.

- Claro, ¡qué injusticia, no! - trató de arreglar la situación Rosa - Toda la familia de él estaba en contra de ella porque era sirvienta.

- Aunque al final triunfó el amor - dijo una señora.

Un hombre apareció en la puerta de la sala e hizo señas a la líder. La señora salió por un momento. Las mujeres aprovecharon para conversar entre ellas.

- ¿Cómo van las cosas con tu esposo? - preguntó Amanda a Rosa en voz baja.

- Más o menos…mucho no hablamos, pero van bien.

- ¿Le dijiste al final que venís al Partido?

- Oh no, no quiero tener problemas con él - contestó Rosa.

- A veces es importante enfrentar los problemas - dijo Amanda.

- Sí, pero yo pienso en mis hijos.

- ¿Y?

- No sé, no quiero pelearme con Juan, andá a saber lo que es capaz de hacer, por ahí me echa de casa.

- No tengás miedo, andá con la verdad.

- Es que vivimos tantos años juntos - explicó Rosa - Yo creo que no sabría qué hacer si una mañana me levantara y no hubiese nadie a quien servirle el café con leche, ni camas para arreglar, ni una casa para limpiar. Es como parte de mí, ¿me comprendés?

- Sí, te entiendo, yo también he luchado contra eso - le confió Amanda - A veces pienso que es algo que está dentro mío y es tarde para cambiar. Hago lo que puedo, pero es difícil.

La líder regresó a la sala y siguieron con la conversación política. Un rato después llegó Eduardo a la sala donde estaban reunidas.

- ¡Hola, mamá! ¿Cómo les va camaradas? - las saludó.

- Bien, Eduardo - contestó la líder - qué gusto verte.

- ¿Vienen a la charla? - las invitó.

- ¿Qué charla? - preguntó su madre.

- Ricardo va a dar una charla.

- ¿Cuándo, ahora? - dijo una señora.

- Sí, ya están todos reunidos en el salón.

- Bueno, ¿vamos entonces?

- Sí, vamos - admitió la líder - Las charlas de Ricardo son siempre muy importantes. Podemos continuar nuestra discusión mañana.

Cuando entraron en el salón la charla estaba por comenzar. Ricardo aguardó a que se sentaran todos.

"Ricardo va a hablar - pensó Rosa - ¿Qué me quisieron insinuar esas dos? Tienen la mente bastante sucia. Creo que querían hacerme confundir, como si yo fuera cualquier cosa y mirara a los hombres con ojos de …no sé…, soy una mujer casada ¿no?, qué pensaría mi hijo si se enterara de que su madre mira a los hombres como hombres, eso lo hace una cuando es joven, para eso se es joven alguna vez. Ahora soy una mujer madura, tengo cincuenta y tres años… Una a los cincuenta y tres años no está muerta, todavía me quedan muchos años por delante, espero ver a mis hijos adultos, y tener nietos, y poder llevar a mis nietos a la plaza, y que me digan abuela, tener una vejez feliz, pero el amor, eso es para la juventud, ¿cómo voy a estar enamorada?"

En ese momento Ricardo empezó a hablar. Tan ensimismada estaba Rosa en sus propios pensamientos que no prestó atención a lo que él decía; sólo escuchaba, como una caricia, el metal de su voz.

"Ay, me parece que a todas las mujeres nos pasa lo mismo - se dijo - cuando Ricardo habla, como ahora, en lugar de escuchar lo que dice nos dejamos acariciar por su voz, y eso que tiene sesenta y tres años, ¡me imagino lo que habrá sido a los treinta! ¡Si yo lo hubiera conocido a él en vez de a Juan!; pero… ¡qué fantasías terribles tengo!

No sé si alguna vez podré ser una buena comunista, me acuerdo lo que pasó cuando se llevaron a Eduardo y me parece que fue un sueño, yo era tan fuerte, tan decidida…después…en fin… Creo que tengo miedo de ser la mujer que fui aquella noche, tengo miedo de dejar de ser la Rosa de siempre, por eso a veces pienso que para mí ya es tarde para cambiar.

Si yo fuera como Ricardo, decidida… Seguramente él estuvo en el Partido desde joven. Si tuviese una educación como la de él a lo mejor sería diferente, pero…¿qué culpa tengo?, me tocó ser mujer, mi única escuela fueron los consejos de mi madre…y no quiero ponerme triste…después de todo con Juan nos llevamos bien, es cierto que no hablamos, o que hablamos poco y cuando hablamos decimos siempre lo mismo, pero esta es la forma que ha tenido la vida para nosotros, por eso nos entendemos, porque está todo sobreentendido, como en una ceremonia que uno realiza para estar tranquila con su conciencia, yo como madre, él como padre, los hijos como hijos, y las cosas cambian poco a poco, así todo sigue igual…¿Por qué tengo miedo, miedo de ser yo?"

Mientras ella pensaba en su vida, Ricardo hablaba, elaborando cuidadosamente su argumentación; Rosa se dio cuenta de su aislamiento.

"¿No ves?, ahora Ricardo habla, Rosa, y vos no prestás atención - se dijo, hablándose a sí misma como si fuera otra - ¿por qué hacés esto?, ¿por qué no abrís tus oídos, tus ojos y tu corazón al mundo? Estás viva, ¿te das cuenta, Rosa?, estás viva…¡Ay, qué tonta soy, cómo me gusta soñar y hablar conmigo misma! Ah, en el fondo me parece que todavía soy una niña, aunque sea madre de dos hijos grandes."

Rosa reaccionó y se puso a escuchar el discurso de Ricardo.

-…por eso sostengo esta posición, camaradas, y por eso he luchado durante tantos años para poder construir un partido de masas; ahora mi esfuerzo está dando sus frutos - dijo con persuasiva vehemencia - Nuestro Partido crece más y más. Diariamente aumenta nuestra influencia en los círculos democráticos. Están, sin embargo, aquellos ultraizquierdistas que dicen que eso es antimarxista, ¡pero nosotros hemos leído bien la polémica del Partido Comunista Ruso de 1926 entre Trotskismo y Leninismo, cuando muchos dirigentes se opusieron al fraccionalismo y criticaron el ultraizquierdismo de Trotsky! Durante toda mi vida he luchado contra aquellos que declararon que era imposible construir el socialismo en un solo país, aunque ese país tuviera tantos recursos naturales como Rusia; y he luchado también contra aquellos que quisieron identificar nuestro Partido Comunista con el Partido Comunista Ruso: nunca seremos un Partido Comunista simplemente al servicio de Moscú, nuestro Partido Comunista está al servicio de nuestro país. Yo sé inclusive que dentro de nuestra organización están aquellos fraccionalistas que no creen que nuestro Partido deba transformarse en un partido de masas. Renunciar a esa posibilidad es estar ciegos, es ser liquidacionistas, es renunciar a la revolución. Nosotros, como bolcheviques, siguiendo el gran ejemplo ruso, nunca permitiremos que esos pocos terroristas destruyan esta gran posibilidad de que nuestro Partido se transforme en un partido de masas, y tenga cada vez más influencia dentro del Parlamento burgués, para poder así proponer leyes que avancen los derechos y las conquistas de los trabajadores y atraer nuevos miembros a nuestro Partido, que nos den más influencia, más poder político, para obligar a la burguesía a aceptar nuestras reformas democráticas, con la absoluta seguridad de que la burguesía en su decadencia y en su crisis ya no puede soportar ni mantener la estructura burguesa, capitalista de poder. Debemos mantener la paz y esperar a que se destruyan a sí mismos.

Un joven militante levantó su brazo.

- ¡Pido la palabra, camarada! - dijo, interrumpiéndolo.

- Sí, como no - admitió Ricardo - ¿qué quiere decir?

- Si bien todos desearíamos dentro del Partido tener muchos miembros, me pregunto si no es una ilusión confiar en el Parlamento burgués y cruzarnos de brazos a esperar que la burguesía se autodestruya, cuando la burguesía no se ha destruido a sí misma en dos guerras mundiales, y antes de destruirse a sí misma está dispuesta a destruir al comunismo y a destruir a Rusia. ¿No nos está dirigiendo por un camino equivocado?

- Le contesto que no, compañero - replicó Ricardo con firmeza - Una de las tácticas del Comunismo Internacional fue formar bloques temporales con la burguesía: los Frentes populares, para adelantar así la lucha de las masas. Gracias a eso el Partido Bolchevique pudo llegar a ser lo que es actualmente: el Partido dirigente de uno de las potencias militar y políticamente más fuertes del mundo…

Doña Rosa escuchaba con atención, pero el argumento le resultaba excesivamente complejo.

"Ay, me resulta tan difícil entender todo esto - se dijo - cuando Ricardo habla de las masas, claro, yo creo que está bien que el Partido sea un Partido de masas, de todo el pueblo…pero cuando habla de influenciar al gobierno de la burguesía, al Parlamento, yo no sé…¿para qué quiere que lo influenciemos? ¿y cómo lo podemos influenciar?... En fin, yo de todo esto no comprendo mucho todavía, puede ser que, como dice Amanda, con el tiempo tenga mi evolución política; mientras tanto es mejor que escuche y no dé mis opiniones sobre esto."

Cuando la charla terminó las mujeres salieron del salón.

- ¿Qué les pareció la charla, chicas? - preguntó Amanda.

- A mí me gustó - dijo Rosa, para demostrar que había entendido - él siempre es el mismo, ¿no?, tan decidido, con esos razonamientos directos, ¡convence a cualquiera!

- Pero vieron que hay varios que no están de acuerdo con Ricardo - dijo otra.

- Sí, es lo que parece - convino Amanda - Cuando ese camarada pidió la palabra me pareció que Ricardo estaba un poco nervioso.

- Bueno, a lo mejor estaría cansado - lo defendió Rosa - Ricardo es un hombre de edad, Uds. saben.

- En fin, nos vemos mañana, chicas - se despidió Amanda.

- Sí, yo también me voy a mi casa, tengo que preparar la comida a mi esposo - dijo Rosa - Mañana no sé si vengo, pero volveré pasado mañana seguramente.

- ¿A la misma hora? - le preguntó Amanda.

- Sí, a la misma hora - respondió Rosa.

- Tratá de repasar el libro y anotá si tenés preguntas - le pidió Norma.

- Sí, lo haré - dijo Rosa.

Rosa se acercó a su hijo que estaba conversando con un camarada.

- Me voy a casa, Eduardo - le dijo.

- Bueno, mamá, nos vemos más tarde

- Recordá que si papá te pregunta algo, vos hoy no me viste.

- Sí, mamá - le aseguró su hijo - no te hagás problemas.

- Hasta luego.

- Hasta luego, mamá.

"Otra mentira más a Juan - se dijo Rosa, mientras caminaba a su casa - espero que no se dé cuenta que vengo al Partido, qué pensaría de mí. Debe estar rabioso lo que vuelvo tan tarde, pero tengo derecho."

Cuando llegó a su casa encontró a su esposo en la cocina, leyendo el diario.

- Hola Rosa - la saludó.

- Hola Juan.

- ¿Dónde estabas? - interrogó él.

- Estaba en casa de Amanda. Te dije que iba a verla.

- ¿Amanda - dijo su marido, con desconfianza - la señora que conociste en el Supermercado?

- Sí, la señora que conocí en el Supermercado. Trabaja allí.

- Ah… - dijo Juan, observándola con severidad - Pero no hay nada para comer, Rosa.

- Voy a hacer algo ahora - dijo ella, abriendo la puerta de la heladera.

- Para mí no hace falta - dijo malhumorado su esposo - Yo ya comí un sánguche.

- Bueno, mejor para vos - reaccionó con disgusto Rosa - No me gusta que me hagas este tipo de recriminaciones, yo también tengo derecho a salir.

- No son recriminaciones, pero vos nunca has sido así.

- También tengo derecho a tener amigas - estalló Rosa - Ahora mis hijos son grandes y ya no me necesitan como antes. He sido toda mi vida esclava de la casa.

- Pero si yo estoy el día entero en la fábrica y toda la familia trabaja, alguien tiene que arreglar la casa y preparar la comida - rezongó su esposo.

- Si todos colaboraran un poco, yo podría hacer las tareas de la casa en poco tiempo, pero si todos los días me dejan la casa patas para arriba…

- Sabés que por la mañana tenemos que salir corriendo y no podemos andar ordenando mucho.

Rosa no contestó. Juan se acercó a ella.

- Te veo cambiada, Rosa - le dijo.

- Tal vez, pero he cambiado para bien - le respondió sin atreverse a mirarlo - Yo a vos no te critico ni te saco nada; tenés tus amigos, vas al bar, bueno…yo también tengo derecho a tener una amiga.

- Sí, yo no digo lo contrario - dijo Juan, sorprendido por la respuesta de su mujer.

- ¿Y entonces? Todo está perfectamente, en orden - dijo ella, nerviosa.

- Bueno - se conformó Juan.

Pasaron las semanas, y aunque las dificultades de Rosa para comprender las complejidades de la política marxista continuaban, su entusiasmo ante el grupo de la gente del Partido creció. También fue en aumento su admiración por Ricardo, el avezado dirigente. Todas las semanas asistía regularmente a las reuniones y debates, y su figura se hizo familiar para su camaradas. Un día Amanda le dijo que Ricardo quería hablar con ella; en lugar de encontrarla en la oficina del Partido, la había citado en un café. Rosa quedó muy intrigada.

"Amanda dice que Ricardo quiere hablar conmigo - pensó - ¿ Le habrá dicho algo de mí Amanda? Yo sé que se trata de una conversación política, pero así y todo me pone nerviosa. Capaz que me pregunte sobre mis problemas con las lecturas, ¿quién le habrá ido con el cuento? Si las cosas se hicieran solamente en la práctica sería más fácil…yo para aprender de los libros no sirvo. Pero después de todo - reflexionó, dándose confianza - es un honor que Ricardo quiera hablar conmigo, eso significa que me tiene en cuenta. ¡Voy a estar de nerviosa! ¿Por qué será que me citó en el café y no en la oficina del Partido? Seguro que no me quiere hacer pasar calor, porque esas mujeres del Partido tienen unas lenguas…"

A la hora indicada Rosa se dirigió al café. Ricardo ya la estaba esperando. Después de saludarla, la hizo sentarse. Se acercó el mozo.

- ¿Qué quiere tomar, Rosa? - le preguntó Ricardo con cierta formalidad.

- Quiero café, por favor.

- Otro para mí - dijo Ricardo al mozo.

El mozo se retiró y Ricardo permaneció un momento en silencio.

- Qué gusto poder hablar con vos - le dijo él, finalmente - Siempre vengo a este café para leer diarios, o simplemente para descansar un poco.

- Para mí también es un gusto. ¿Así que Ud. viene siempre aquí?

- Por favor, Rosa - la interrumpió Ricardo, con suavidad - no me trates de Ud.

- No sé - dijo ella, algo desconcertada - como Ud. es uno de los dirigentes.

- Decime simplemente Ricardo.

- Gracias.

Ricardo bebió su café en silencio.

- Rosa… - dijo luego, como tomando tímidamente una decisión.

- Sí… - dijo ella, que aguardaba impaciente.

- Yo te invité aquí al café porque he notado que está pasando algo raro entre nosotros, y yo no sé si los dos somos conscientes o comprendemos esto que está sucediendo.

- No sé - dijo Rosa, defensiva - ¿qué quiere decir?

- Quiero decir que he observado una atracción muy extraña entre nosotros dos, o al menos yo cuando estoy cerca tuyo me siento diferente, me conmuevo, y me parece que a vos te pasa lo mismo. A veces, en las charlas, tengo la sensación de que me mirás de una manera especial y cuando yo hablo descubro en vos como una vibración…

- Ricardo, por favor, qué dice… - balbuceó Rosa, bajando la vista.

- Rosa - continuó, apasionado, Ricardo - no te avergüences, no somos dos niños. Y aunque pudieran decir que somos dos viejos creo que todavía tenemos derecho a hablar de nosotros, a decir yo, a decir yo siento, yo siento algo por vos, Rosa...

- Ay, Ricardo, nunca soñé que vos me podrías decir todas estas cosas; no sé, me siento tonta.

- Rosa, yo soy viudo, y tengo como vos sabés sesenta y tres años. Yo siento Rosa que vos sos una mujer distinta - dijo Ricardo, tomándole la mano.

- Ricardo, yo no sé si está bien hablar de esto - dijo ella, dejando su mano entre las de él - Vos sabés, tengo cincuenta y tres años y soy casada... mis hijos ya son grandes, no está bien que muestre este sentimiento que me avergüenza.

- Puede ser que en el fondo yo necesite alguien como vos - dijo Ricardo.

- Pero no tengo nada de especial, Ricardo.

- Sos una mujer sencilla, Rosa, pero buena y valiente, y todos te aceptamos y te queremos... porque tenés en vos mucha ternura y coraje, porque no tenés miedo...y esto es muy importante.

- No es cierto, Ricardo, si supieras todos los miedos que tengo. Los miedos me dominan. Muchas veces pensé que podía llegar a estar cerca tuyo y hablarte, pero nunca soñé que vos alguna vez me ibas a decir todas las cosas hermosas que me decís…Nunca me las habían dicho antes, me siento tan bien…

- Rosa - dijo Ricardo con dulzura - no estoy cómodo hablando en este café; no sé, me parece que esto es demasiado privado, demasiado íntimo, que los demás nos están observando, desnudando. ¿Podemos ir a casa y tomar una copa allí…y seguir conversando…?

- No sé…no sé, Ricardo…no sé que decirte - balbuceó Rosa - creo que tengo un poco de miedo.

- ¿Miedo de qué, Rosa? - la persuadió él - No va a pasar nada, ¿somos nosotros, no?

- Sí, claro - respondió Rosa, comprendiendo lo absurdo de su aprehensión - Está bien, vamos.

Ricardo vivía en una casa vieja. Entraron. Atravesaron el zaguán y pasaron a una sala que tenía las paredes descascaradas. Él la invitó a sentarse en un sofá.

- ¿Qué querés tomar, Rosa - la invitó - whisky, coñac, ginebra?

- No sé, algo fuerte, Ricardo.

- Puede ser…¿naranjada con ginebra? - sugirió él.

- Sí, con mucha naranjada , que no me gusta el alcohol.

- Entonces, si no te gusta, ¿por qué no tomás naranjada sola?

- No, no, el alcohol me ayuda a ser fuerte - afirmó Rosa.

- Bueno Rosa, como quieras - dijo Ricardo, preparándole el trago.

Antonio le entregó el vaso y se sirvió un whisky. Después se sentó en el sofá junto a ella.

- Voy a poner un poco de música - dijo enseguida - así nos sentimos más cómodos…qué música te gusta, a ver…¿querés que ponga un disco de la orquesta Boston Pops?

- ¿La Boston Pops - dijo Rosa - te referís a eso como música clásica?

- Sí, es como música clásica.

- Ay no, Ricardo, no me gusta la música clásica.

- Bueno, a ver…¿te gusta Frank Sinatra?

- ¡Sí, adoro a Frank Sinatra! - exclamó Rosa - sobre todo esa canción "Extraños en la noche".

- Ah, yo tengo ese disco, lo voy a poner.

La música romántica llenó fácilmente el ambiente; Ricardo apagó la luz de la sala y encendió una pequeña lámpara.

- Ricardo… - dijo ella - ¿no te parece que…hay poca luz?

- No…Rosa… - dijo él, acercándose más a ella - ¿por qué no abandonamos todas las defensas y los miedos, y somos nosotros por un rato?

- No sé si puedo, Ricardo…no sé si puedo ser yo…hace tantos años que soy alguna otra cosa…o la madre…o la esposa…

- Ahora quiero que seas Rosa…para mí - dijo Ricardo, con un tono de voz dulce y sensual, y le pasó el brazo por el hombro.

- ¿Y quién es Rosa? - preguntó ella, con inocencia.

- Vamos a descubrirlo juntos - dijo el hombre - yo te voy a ayudar…Rosa es la mujer que condujo la marcha a la Comisaría la noche que secuestraron al hijo, Rosa es también la mujer que dirigió a sus compañeras y compañeros hacia la fábrica…

- Yo no los dirigí a la fábrica, Ricardo, eso lo decidimos entre todos, de común acuerdo…

- No importa, pero ¿te das cuenta que además de la persona que sos siempre, hay también en vos otra Rosa?

\- Ricardo… - dijo ella, muy tierna.

\- ¿Qué?

\- Por favor, no me hagás pensar, no quiero pensar.

\- Está bien. Dame la mano, Rosa.

Ella puso su mano entre las de él y Ricardo la atrajo hacia sí y la abrazó contra su pecho.

\- Sí…abrazame…Ricardo, te quiero…

\- …Rosa… - balbuceó Ricardo al escuchar esa palabra - ¿sabés lo que estás diciendo?

\- Ay, no sé, Ricardo…yo siento esto ahora…soy una mujer casada, no lo tomés en serio.

\- No importa, Rosa. Al menos podemos vivir este momento.

\- Sí, sí…

Él la besó tiernamente. Ella cerró sus ojos y se dejó acariciar.

\- Rosa…

\- ¿Sí?

\- Quiero que seamos el uno del otro.

\- ¡Ricardo, me da vergüenza!

\- No digas eso, Rosa.

\- Te vas a reír de mí - aseguró ella, abrazándose a su cuello.

\- ¿Por qué? - dijo él, muy serio.

Ricardo pasó sus manos por debajo de la ropa de ella.

- No sé…no, por favor - dijo Rosa, echándose sobre el sofá -…apagá la luz.

- Vení, vamos al dormitorio - dijo Ricardo, levantándose y llevándola de la mano.

- Ay… - se resistió.

- Vení, vení…

Entraron al dormitorio. Abrazados, cayeron suavemente sobre la cama. Ricardo comenzó a quitarle el vestido.

- Dejame, dejame que te saco la ropa - le dijo - así…poco a poco.

- ¿Qué va a pensar mi familia si se entera? - dijo Rosa, dejándose hacer.

- Tu familia nunca se va a enterar.

- ¿Qué va a pensar mi esposo? - dijo, abrazándose a Ricardo - Mi esposo me mata.

- ¡Por favor, Rosa…na-die-lo-va-a-saber…! ¿Podemos disfrutar de un rato juntos?

- Sí, pero ¿y después? - dijo ella, agitada.

- ¿Y después qué? - la persuadió Ricardo - Después lo hablamos.

- Yo no sé si mañana te voy a poder mirar a la cara…Si te miro, creo que todas las chicas en el Partido se van a dar cuenta…

- ¿Te parece?

- Mirá - se quejó ella - si ya todas me cargaban y se reían de mí diciendo que yo te miraba demasiado.

- Bueno, pero vos sabés que en el Partido hay muchas a las que les gusta chimentar.

- …¡besame! - pidió Rosa.

- ¡Rosa…! Rosa… - clamó Ricardo, besándola apasionadamente.

- ¿Te puedo sacar la ropa yo también?

- Sí…

- Despacito… - dijo Rosa, mientras le desprendía los botones de la camisa y de los pantalones y lo acariciaba.

Después se abrazaron los cuerpos desnudos.

- …no enciendas la luz, eh… - le pidió Rosa, temiendo que él viera su desnudez - no enciendas la luz que me muero de la vergüenza.

- Acariciémonos…así… - dijo Ricardo, recorriendo con sus manos sus pechos blandos y sus abultadas caderas.

- …ah…ah…Ricardo…sí…sí…acariciame así…. - exclamó Rosa, con placer.

Él llevó la mano de ella hacia su pene.

- …¿me sentís, Rosa?

- …sí, Ricardo - dijo Rosa, apretándolo con su mano temblorosa - qué terrible…

- Hacía tanto tiempo que no tenía estas sensaciones… - confesó Ricardo.

- …ay, qué duro estás, Ricardo.

- Besame - pidió él.

- Sí, te beso.

Rosa lo abrazó y lo besó profundamente en la boca.

- No, Rosa, en la boca no… - dijo Ricardo - besame abajo…

- ¡Ricardo, por favor, nunca lo hice antes! - exclamó.

- Yo te beso a vos y te muestro…y vos me besás a mí…

- …Ricardo!...

- Así, mirá…

Ricardo invirtió la posición y sumergió su cabeza entre las piernas de ella. Apartando las carnes, lamió la bulba húmeda de Rosa.

- …ah…ah…ah…Ricardo… - exclamó ella, con placer.

- Ahora besame vos a mí… - le pidió él - mirá, la tenés en frente de tu boca, dura.

Rosa aprisionó su pene suavemente y se lo llevó a la boca, primero con cautela, pero enseguida perdió la inhibición.

- Ay, sí…mmh…mhh…

Jugaron por un rato, él abrazando las piernas de Rosa, besando los pliegues blandos de su cuerpo, acariciándole la bulba; ella, succionando largamente el miembro de Ricardo, aprisionando sus testículos, hundiendo todo entre sus pechos.

- Rosa - la llamó.

- ¿Qué, amor?

- …dejame que encienda la luz…

-…no, no Ricardo, no - se alarmó ella.

- Dejame que encienda la luz… - volvió a pedirle - quiero ver nuestros cuerpos desnudos.

- …no…Ricardo…

- Sí, no tengás vergüenza de la desnudez.

- Pero es que mi cuerpo es tan feo… - dijo ella con desconsuelo - ¡soy gorda!

- No importa, a mí me gusta igual - afirmó Ricardo - ya está…ahora la enciendo.

Ricardo extendió la mano hacia el velador y encendió la luz.

- ¡Ay!

- ¿Ves?, no somos tan feos - dijo Ricardo.

Se miraron con detenimiento. Él observó el cuerpo gastado de Rosa, los pliegues de sus caderas, su abdomen abundante y caído, sus pechos grandes, agrietados y sin firmeza. El cuerpo de Ricardo, por el contrario, era de una flacura extremada; sobre su tórax, la piel seca, apergaminada, se hundía entre las costillas; las bolsas fláccidas de sus testículos caían entre sus piernas.

- No somos tan feos - repitió Ricardo - invirtiendo la posición de su cuerpo y poniéndose frente a ella.

- Bueno…vos porque sos delgado - le dijo ella.

- ¿Delgado?...mirá…soy puro hueso…

- No digas eso - lo consoló Rosa.

- Sí, todos me dicen que soy pura nariz y huesos…

- ¡Ay, Ricardo, qué risa! - dijo Rosa, divertida - Pero mirá yo, mirá todas las carnes que tengo, toda la grasa, y aquí…¿ves? en las piernas, se me forman pocitos…

- Bueno - dijo él, galante - pero tus senos no tienen pocitos.

- ¡Andá, están todos ajados, mirá cómo se caen!

- Estás bien conservada, Rosa, pensá que no somos chicos - la consoló Ricardo.

- ¡Ricardo! - dijo ella, abrazándose a su cuerpo.

- Rosa, ¿te parece…te parece que podemos terminar?

- ¿Terminar?

- Sí…gozar…

- No sé… - dijo ella, confundida - ¿qué querés decir?...vos podés hacer lo que quieras.

- Bueno, pero vos también.

- ¿Yo también qué? - preguntó Rosa.

- Vos también podés llegar al orgasmo.

- ¿Al orgasmo?

- Sí, mirá, yo te toco…¿ves?...así… - dijo él, apoyándole la mano entre las piernas e introduciendo los dedos en la vagina.

- Ay…no me toqués…

- Sí, te quiero mostrar…ves… - dijo él, recorriendo la vagina con los dedos - ahí vos sentís el orgasmo…es el clítoris.

- ¿El quítois?

- Clítoris.

- Clítoris - repitió correctamente Rosa.

- Sí, entonces podemos llegar al orgasmo…¿vos llegás al orgasmo, no? - preguntó Ricardo.

- …¿qué querés decir? - preguntó ella, que no entendió el término.

- Quiero decir una excitación que te deja satisfecha…y el cuerpo se te contrae todo, y vos gozás.

- Ah, no sé, yo así nunca gocé - dijo Rosa.

- Pero…¿y qué hacés con tu marido? - se aventuró a preguntar Ricardo.

- Bueno, de noche…él se pone encima mío… y…y yo me abro de piernas…y él…se mueve… hasta que empieza a hacer aah, ah, ahh…¡y ya está!...eso…

- ¿Nada más que eso?

- Sí…¿no te parece normal? - dijo Rosa.

- Pero… - preguntó Ricardo sorprendido -¿y en tu vida no hiciste otra cosa?

- No, mi marido dice que las mujeres decentes no hacen otra cosa…las que hacen cosas raras en la cama son las…las locas…las mujeres de la vida…

- ¿Pero me querés decir que nunca hiciste antes lo que nosotros hicimos recién? - dijo Ricardo admirado.

- ¡No, por favor, no me hagás pensar en eso - exclamó Rosa, cubriéndose la cara con las manos - que ya siento que soy una cualquiera!

- Rosa…Rosa… - susurró Ricardo, enternecido por el gesto de pudor - ¡cómo me gustás!

- Ay…Ricardo, ay…sí…vení encima mío…ah… sí… - lo llamó, súbitamente excitada, deslizando el cuerpo de él sobre su cuerpo.

Rosa se abrió de piernas. Él dejó correr su viejo miembro, algo blando, dentro de su vagina. El roce de las partes húmedas creaba un sonido áspero y desagradable. De pronto él tuvo como un temblor y consiguió mover su cuerpo un poco más rápidamente.

- ¿Me sentís, Rosa? - le preguntó.

- Sí…sí…¡cómo te siento! - dijo ella, encogiendo y estirando las piernas.

- Ah…Rosa, Rosa…estoy cerca - exclamó Ricardo con la voz pasmada, experimentando suaves contracciones - ah…ya me voy a venir…ah…sí…

Cuando Rosa regresó a su casa era cerca de medianoche. Al ver a su marido, que la esperaba levantado, la invadió la angustia y sintió como un nudo que le cerraba la garganta.

- Hola, Rosa. Qué tarde que llegás... - le recriminó su esposo.

Rosa no pudo responderle.

- ¿No me contestás? - insistió él.

- Sí, es un poco tarde - consiguió articular Rosa.

- ¿Estuviste en el Partido?...¿Cómo van las cosas con los comunistas?

- Van bien.

- ¿Ya te lavaron la cabeza? - la mortificó Juan - Yo...no le digo a nadie que mi mujer es comunista, porque mirá...si los otros se enteran...me muero de la vergüenza.

Rosa no dijo nada y trató de reprimir sus ganas de llorar.

- Vos no sabés lo que hacen los comunistas en la fábrica... - volvió a atacar su esposo - por culpa de ellos se pierden todas las huelgas...Primero, mi propio hijo se hace comunista, y ahora, por desgracia, mi mujer...Los rojos son un cáncer...

- ....

- ¿No me vas a hablar hoy?

- ....

- No hacés nada de comer, venís tarde, y encima no me hablás…

Rosa no aguantó más y se echó a llorar. Su cuerpo se sacudió, convulsionado por el llanto.

- ¿Y por qué llorás a ver? Decime ahora que yo te hago llorar, que es culpa mía…porque aquí parece que los hombres siempre tenemos la culpa de todo…si las mujeres están oprimidas, si las mujeres sufren…¿quiénes tienen la culpa? ¡los hombres, por supuesto, los maridos!...¡Ay, Dios mío!

El llanto de Rosa se hizo más desconsolado. Se sentó, se cubrió la cara y continuó llorando por un largo rato.

Durante los días siguientes Rosa estuvo muy decaída. Su hijo lo notó, y, preocupado, decidió hablarle.

- ¿Qué te pasa, mamá? - le preguntó una noche, después de la cena - Te veo tan deprimida.

Rosa no supo qué contestarle.

- ¿No me querés decir?...está bien… - aceptó Eduardo, resignándose.

Finalmente Rosa se decidió a hablar.

- Sí, tenés razón, será mejor que te cuente, después de todo sos el único que me comprende.

- Contame, mamita.

- Hijo, quisiera trabajar, terminar con esta vida que hago siempre…

Eduardo la miró intrigado, esperando que continuase.

- Pero lo que me tiene peor - siguió ella - es que pasó algo con Ricardo.

La confesión tomó a Eduardo por sorpresa.

- ¿Con Ricardo? - preguntó.

- Sí - afirmó su madre - hay como una atracción entre él y yo.

- ¿Te dijo alguna cosa?

- El otro día tomamos café, y después fuimos a su casa y escuchamos música.

- ¿Te hizo alguna propuesta sexual, intentó hacer algo?

- No, no hijo, qué va a intentar, si somos dos viejos.

- No, decía… - se disculpó Eduardo por su indiscreción - ¿sentís culpa?

- No sé que es - respondió Rosa - yo le dije que era mejor que no habláramos más en privado, pero después me puse a pensar qué distinta hubiera sido mi vida de haberme casado con un hombre como Ricardo, comprensivo, inteligente, la vida que hubiera podido tener y nunca tuve, y ahora ya es demasiado tarde…

- No digas eso, mamá… - dijo Eduardo, conmovido por la confesión de su madre.

- Sí, hijo, es demasiado tarde, y vos lo sabés muy bien, aunque lo niegues.

- Mamá…

- Después, cada vez que llego a casa, Juan me regaña porque voy al Partido, porque no tiene su comida lista, porque dice que si alguien sabe que soy comunista se van a reír de él, me pregunta si me lavaron la cabeza.

- ¿Para qué le dijiste, mamá?

- Bueno, no podía seguir mintiendo y ocultando. A veces pienso que si viviera por mi cuenta y trabajara…

- Si eso es lo que deseás, mamá - aceptó Eduardo.

- Pero, ¿sabés lo que pasa? - dijo Rosa, debatiéndose consigo misma - yo a Juan lo quiero a pesar de todo…me cansa, nos regañamos, pero lo quiero, aunque no sea el hombre más inteligente ni más bueno del mundo…yo no soy tan buena tampoco…

- Vos sos la madre más buena del mundo - dijo Eduardo, con devoción.

- Yo también tengo mis debilidades y mis defectos, Juan y yo hemos estado juntos toda la vida. Hay algo que lucha dentro mío, ¿entendés?, y no sé muy bien qué me pasa. ¿No es terrible?, tener casi cincuenta y cuatro años y no saber bien lo que una quiere…mejor estaría muerta…

- Mamá, dejame que te ayude… - le pidió Eduardo - hay un muchacho en el Partido que es sicólogo, él te puede aconsejar.

- ¿Sicólogo?, no, no, no quiero más ideas raras en la cabeza - se defendió Rosa.

- No te va a inculcar ninguna idea rara - le explicó Eduardo - te va a hablar, te va a ayudar a que te sientas mejor.

- No tengo motivos para ir a uno de esos - dijo Rosa - todavía no estoy loca.

- Nadie dice que estés loca - trató de convencerla su hijo - no hay que estar loco para ir a un sicólogo.

- ¿Cómo que no? ¿no es un médico de la cabeza acaso?

- Mamá, te lo pido por favor, dame el gusto. Andá aunque sea una vez, te puede aconsejar, te puede ayudar, una vez sola aunque sea.

Rosa suspiró apesadumbrada.

- Está bien - dijo - pero lo hago porque vos me lo pedís. Una sola vez.

- Es por tu bien, mamá, no te vas a arrepentir - le prometió su hijo.

Varios días después Eduardo le avisó a su madre que le había conseguido la entrevista con el sicólogo. Doña Rosa se presentó al consultorio a la hora de la tarde indicada; el sicólogo, un hombre de unos treinta y pico de años, la hizo pasar.

Rosa le contó sobre su angustia y su malestar.

- Me decía, Sra. - dijo el sicólogo, recapitulando - que se siente rara, tiene dolores de cabeza y a veces no puede dormir.

- Sí… - corroboró tímidamente ella.

- ¿Recuerda algún sueño, o fantasía, que haya tenido recientemente? - preguntó el sicólogo.

- ¿Fantasía? - dijo, sorprendida, Rosa.

- Sí - explicó él - ha pensado en ciertas cosas… en sexo, en ver a un hombre desnudo…

- ¿Cómo dice? - preguntó, agraviada, Doña Rosa.

- Sí, Sra., esas fantasías son muy comunes…

- Yo tengo cincuenta y tres años, Dr. - dijo, enojada - Ya pensé en el sexo cuando tuve que pensar, ahora me dedico a mi casa y a mis hijos…y también al Partido.

- Mire, señora, que el sexo comienza cuando estamos en el vientre de nuestra madre y termina cuando concluye nuestra vida - trató de convencerla el sicólogo.

- ¿Ud. me está diciendo que entre la madre y su bebé existen sentimientos sexuales?

- Sí, Sra.

- Bueno, mire - dijo Rosa, escandalizada - me parece que el que está mal de la cabeza es Ud. Yo jamás sentí ninguna atracción sexual por mi hijo, que me caiga muerta.

- Señora, el sexo no sólo es el sexo… - explicó el sicólogo - a veces una satisfacción, un contacto…

- Le prometo que no vendré más a su consultorio para escuchar estas cosas - dijo Rosa, poniéndose rígida en la silla.

- Señora, estoy tratando de ayudarla, y si traje a esta charla el tema del sexo es simplemente para hacerle comprender que muchas veces nuestras depresiones se originan en la insatisfacción de nuestros deseos, y los deseos sexuales son los deseos básicos, los más generales y amplios. Por favor, déjeme que la ayude…¿va a responder a mis preguntas?

- Ya que es Ud. médico… - dijo ella, con despecho.

- Gracias.

- Le advierto que Ud., por la edad que tiene, podría ser mi hijo.

- Ahora mi punto de vista es el del profesional, Sra. Por favor, trate de explicarme como fue su vida sexual con su marido durante sus años de casada.

- Normal - dijo Doña Rosa, secamente.

- Qué quiere decir con "normal".

- Como la de todas las mujeres.

- La vida sexual de todas las mujeres no es igual.

- Bueno, fue normal - repitió ella.

- Explíqueme un poco mejor qué entiende por "normal".

- ¿Qué voy a entender por normal?, que hacíamos el amor como todas las parejas, si eso es lo que quiere saber - dijo, levantando la voz.

- ¿Cómo hacían el amor?

- Esa pregunta es insolente.

- ¿Disfrutaba Ud. cuando hacían el amor?

- Por supuesto.

- ¿Cómo disfrutaba?

Rosa no aguantó más y se echó a llorar.

- Por favor, no llore, Sra. - la consoló el sicólogo.

El hombre aguardó un momento hasta que Doña Rosa se repuso.

- Yo sé que no es agradable responder a todas estas preguntas - dijo con amabilidad - pero es importante que lo haga, por favor. ¿Hizo alguna vez el amor con alguien que no fuera su esposo?

- No, nunca - estalló Doña Rosa, casi al borde de una crisis nerviosa - ¿por quién me toma, se piensa que soy una puta?

- Por favor, Sra., por favor, tranquilícese, tranquilícese. Volvamos al asunto de las fantasías… ¿tiene fantasías sexuales?

- No - respondió secamente.

- ¿Tiene vida sexual con su esposo actualmente?

- No.

-¿No?

- No quiero responder más a estas preguntas - dijo Doña Rosa, levantándose - Me quiero ir. ¡Ud. es un degenerado, me ha tomado por una cualquiera, me ha tomado por una de esas de la calle!

- Estoy tratando de que se reconozca a sí misma, Sra. - dijo sinceramente el hombre - Ud. es la única que puede ayudarse. Yo puedo mostrarle el camino, pero si Ud. no quiere aceptar sus problemas y no trata de resolverlos para sentirse mejor, entonces yo no puedo hacer nada. Tiene que ser sincera consigo misma, reconocer sus propios deseos.

- Mucho palabrerío - dijo Rosa, casi gritando - Ud. tiene la mente sucia. ¡Ustedes son los que hacen volver loca a la gente!

- Está bien, Sra.…

- ¡Buenas tardes! - dijo Rosa, dirigiéndose a la puerta y cerrándola de un golpe.

Rosa salió del consultorio del sicólogo muy ofuscada. Caminó por un rato sin dirección fija. Recordó que había quedado en encontrarse con Amanda después de su visita al sicólogo en la oficina del Partido. Ya era bastante tarde. Al entrar en el local le sorprendió ver el salón para asambleas lleno de gente. Amanda la estaba aguardando.

- Rosa, al fin venís - dijo, al verla - Hay una Asamblea en el Partido, va a empezar enseguida. ¡Estás pálida! ¿Qué te pasa?

- Mi hijo me hizo ir a uno de esos sicólogos porque estaba deprimida, pero mirá, esos tipos son lo peor que hay, manga de degenerados, me empezó a preguntar cada cosa sucia que se me revuelven las tripas de solo acordarme.

- Son todos unos pervertidos - dijo Amanda - Mirá, si estás caída lo mejor es saber el futuro, que te lean las manos, yo conozco una mujer que es bárbara.

- ¿Lee las manos?

- Sí - afirmó Amanda – Es vidente. Te hace también la carta astrológica y te dice todo tu destino. A mí me dijo cuántos hijos iba a tener y la acertó, predijo que iba a encontrar trabajo y…

- Está bien - la interrumpió, ansiosa, Rosa - hablando de trabajo, ¿podrás conseguir un empleo para mí en el Supermercado?

- ¿En el Supermercado? Me parece difícil, están echando gente, pero puedo preguntar - respondió Amanda.

Rosa se quedó en silencio.

- Decime - insistió Amanda, volviendo al tema de la vidente - ¿querés que te lleve a lo de la mujer?, ella te va a ayudar. Si te sentís mal te explicará por qué, y te dirá todo lo que podés esperar de la vida, ¡es fabulosa!

- Sí, está bien - aceptó Rosa.

- Ahora vamos a la Asamblea, que llegamos tarde - le pidió Amanda.

- ¿Es importante esta Asamblea?

- Parece que sí - dijo Amanda, bajando la voz - me soplaron que puede haber una división en el Partido.

- ¿Ah, sí? - exclamó Rosa, asombrada.

- Sí, ¿terminaste de leer el libro?

- Qué voy a terminar - exclamó Rosa con fastidio - no pude leer ni una hoja.

Cuando entraron en el salón, Ricardo había tomado la palabra.

-…por eso les digo camaradas - exclamó con su voz viva y metálica - yo hace ya muchos años que estoy en el Partido y conozco la historia lamentable de las purgas estalinistas; sin embargo, hay algo que debemos reconocer a Stalin: su defensa heroica del suelo ruso, el Primer Estado Proletario, durante la guerra.

- ¡Bravo! - gritó un hombre de edad, secundado por el aplauso de varios otros.

- Gracias por los aplausos, camaradas - continuó Ricardo - eso me demuestra que entre nosotros, en esta sala, hay bolcheviques fieles al internacionalismo proletario. Las purgas estalinistas fueron un exceso que castigó la historia. Hay una segunda cosa positiva que tenemos que reconocer a Stalin: él fue quien comprendió la necesidad de construir el socialismo, aunque más no fuese, en un solo país, e indicó que era imposible sobrevivir si se intentaba atacar de frente al capitalismo; la lucha por la paz era y sigue siendo indispensable para debilitar al enemigo de clase;

Rusia es cada vez más fuerte y el imperialismo norteamericano cada vez más débil. Nuestro Partido sigue luchando por alcanzar las libertades democráticas que pongan en la agenda del día la necesidad de la revolución proletaria: cuando todas las libertades democráticas burguesas se hayan alcanzado, la revolución proletaria estará tan cerca que simplemente se impondrá con la misma inexorabilidad con que cae del árbol la fruta madura…

Un grupo de camaradas jóvenes empezó a golpear sus pies contra el suelo, en señal de protesta, al escuchar esto.

- ¡Podrida, no madura! - gritó uno de ellos.

- …ya veo - prosiguió Ricardo, visiblemente alterado por la interrupción - que hay en nuestro movimiento político, por el cual yo he dado los mejores años de mi vida, aquellos que quieren sembrar la discordia y liquidar un Partido que se está transformando, poco a poco, en un Partido de masas…

- ¡Reformista! - gritó un joven.

-…me refiero - siguió Ricardo, sin inmutarse - a esos ultraizquierdistas que niegan la necesidad de conservar una paz formal con la burguesía, que quieren destruir la base de nuestras conquistas, y no se dan cuenta que tenemos que esperar hasta ser más fuertes antes de pensar en una verdadera revolución…

- ¡Ehhh! ¡Uuhh!

- …y, mientras tanto, tratar de presionar al gobierno burgués, que podría ser mucho más represivo que lo que es el actual en estos momentos. Esa alianza con la burguesía, camaradas, es simplemente táctica: el reconocimiento y la aceptación crítica de la política de los partidos burgueses tiene como objetivo poder preservar nuestra situación legal…

El sector juvenil empezó a silbar.

- …¿qué es lo quieren esos que silban - exclamó, furioso, Ricardo - pasar a la ilegalidad? Sería una táctica expresamente anti-marxista, como lo reconoció Lenín. Nada más.

Terminada su intervención, los aplausos se mezclaron con los silbidos. Varios camaradas levantaron sus manos, solicitando al moderador de la Asamblea el derecho a hablar.

- ¡Pobre Ricardo, Amanda! - dijo Rosa a su amiga.

- Va a hablar Eduardo.

Se había concedido a Eduardo el turno para intervenir.

- El camarada ha descrito muy bien los años difíciles del Partido - afirmó, con convicción -

el proceso estalinista y la fatalidad histórica que llevó a ese proceso. Sin embargo, muchos años han pasado desde entonces, y nuestro Partido sufre cada vez más de falta de internacionalismo. Yo tengo la impresión de que cuando el camarada hablaba de la revolución proletaria, de lo que estaba hablando en realidad era de la revolución burguesa…

- ¡Bravo! - gritó un joven, inmediatamente seguido por el aplauso de un sector de la sala.

- …porque el camarada no parece reconocer lo que realmente significa la revolución proletaria: la revolución del proletariado como clase, independiente. Cuando el camarada habla de partido de masas, lo que en realidad nos propone es sacrificar el programa revolucionario a los apetitos reformistas burgueses, crear una abierta colaboración de clases, lo cual significa, en términos prácticos, liquidar lo que el Partido tiene de revolucionario y transformarlo en un apéndice de los intereses de la burguesía…

- ¡Tiene razón!

- …y en una trampa mortal para la clase trabajadora. Hace ya muchos meses que existe esta diferencia programática dentro de nuestro Partido, y es fundamental en esta Asamblea que se vote para impedir que continúe esta línea reformista, esta revisión y desviación del programa bolchevique.

- ¡Sí!

- ¡La juventud del Partido está con vos, Eduardo!

Un sector numeroso empezó a silbar y a golpear los pies contra el suelo. Ricardo pidió silencio. Quería contestarle a Eduardo.

- ¿No ven, señores, que estoy levantando mi brazo? - gritó, irritado, ante el desorden de la Asamblea - ¡Pido la palabra!

El moderador demandó silencio.

- ¡Por favor, escuchen a Ricardo! - gritó.

Ricardo esperó a que se callaran todos.

- Considero, camarada - dijo luego - que toda la sección juvenil del Partido ha ido demasiado lejos. Lo que Uds. dicen que es marxismo es en realidad sectarismo, y son Uds. los que amenazan el programa bolchevique, no nostros. Yo creo que es mejor, para salvaguardar nuestro Partido, tomar una decisión: o bien los ultraizquierdistas reconocen su error, o pido que el Comité Central los expulse del Partido.

El sector juvenil prorrumpió en gritos de repudio.

- ¿Qué pensás, Amanda? - preguntó Rosa, atemorizada.

- Yo no sé, esto parece muy grave - contestó Amanda, sin entender bien lo que pasaba.

- ¿Y nosotras qué hacemos? - preguntó Rosa.

- ¿Y qué vamos a hacer?

El desorden de la sala continuaba, algunos miembros del sector juvenil intercambiaban insultos con los miembros de más edad. El moderador de la Asamblea trataba de calmar los ánimos.

- Amanda, me quiero ir - dijo Rosa - no quiero ver como termina esto.

- A mí no me gusta nada tampoco. Salgamos.

Las dos mujeres se levantaron y salieron de la Asamblea, en momentos en que un miembro del Comité Central empezaba a hablar.

- ¿Querés que vayamos a lo de la señora esa que te dije? - preguntó Amanda a su amiga, cuando ya estaban en la calle.

- ¿La que lee las manos? - dijo Rosa.

- Sí.

- Bueno, vamos.

La casa de inquilinato donde vivía la vidente no estaba muy lejos. La mujer, una señora bastante joven, con una mirada afiebrada y el pelo teñido de rubio, las hizo pasar a su cuarto, que había dividido en dos con una cortina de tela floreada. Se sentaron frente a ella. La vidente le pidió a Rosa que pusiera su mano derecha sobre una mesita y la estudió con detenimiento. Marcó cruces y señales con un bolígrafo de color rojo.

- Su línea de la vida es muy larga, Sra. - dijo, convencida - Usted probablemente va a vivir hasta los noventa años.

Rosa la miró con satisfacción.

- Qué suerte, gracias.

- No siempre vivir mucho es una suerte, Sra. - dijo, acercando la mano de Rosa hacia ella - Aquí veo algo significativo en el Monte de Venus: Ud. va a tener un encuentro amoroso muy importante en su vida.

- ¿Voy a tener? - preguntó, con ansiedad, Rosa.

- Bueno… - dijo la vidente, algo insegura - tal vez lo ha tenido hace muy poco…sucede durante su edad madura, ¿cuántos años tiene Ud.?

- Cumplo cincuenta y cuatro en diciembre.

La mujer asintió con la cabeza y continuó mirando la palma de la mano de Rosa.

- Ud. es valiente y decidida - dictaminó - pero no tiene fe en sí misma. Sin embargo, es capaz de sacrificio. Ud., señora, es su peor enemiga.

- ¿Qué puedo hacer?

- Libérese - exclamó la vidente - libérese del demonio de la duda, crea, tenga fe…Pero veo algo en su mano que no puedo determinar bien qué es, las cartas lo van a decir.

La mujer sacó un mazo de cartas manchadas y viejas, tomó varias y las fue desplegando una al lado de la otra, hasta tener la superficie de la mesita cubierta. Después cambió algunas de lugar. Finalmente se llevó sus manos al rostro.

- ¡No! - dijo.

- ¿Qué? - preguntó Rosa, alarmada.

- Algo trágico y doloroso va a pasar. Lo estoy viendo.

- No quiero escuchar nada malo - dijo Rosa, angustiada, poniéndose la mano sobre el pecho - lo que tenga que ser, será. No podría soportarlo.

- Está bien, no se lo diré.

La vidente guardó las cartas y volvió a observar la mano de su clienta. Trajo un compás que tenía un corcho clavado en la punta de uno de sus brazos y lo apoyó en el centro de la mano de Rosa, haciéndolo girar.

- Esto es bueno - dijo finalmente - menos mal.

- ¡Dígamelo! - suspiró Rosa.

La vidente la miró a los ojos.

- Se acerca un período de felicidad en su vida - dijo con una voz intensa, cargada de emoción

- un período para disfrutar y despreocuparse, de felicidad casi idílica. .

- ¿Oís, Rosa? - le preguntó su amiga.

- ¡Ay, mi Dios - exclamó, feliz, Rosa - buena falta me hace!

- Un último consejo para Ud. - dijo la vidente - señora…¡nunca pierda la esperanza!

- ¡No la perderé, no la perderé!

- Recuerde, lo que se quiere se puede. La voluntad mueve montañas. Aquello que no podamos realizar en esta vida, lo haremos en otras vidas que nos esperan en el más allá.

- ¡Gracias, muchas gracias! - dijo Rosa, emocionada.

- De nada, ahora…si puede pagarme.

Rosa sacó una cantidad de dinero de su cartera y se lo entregó a la mujer.

- Vamos - dijo a Amanda - Buenas noches, y… gracias otra vez.

- Buenas noches - las saludó la vidente - vuelvan cuando necesiten.

Apenas estuvieron en la calle Rosa mostró su alegría.

- ¡Ay, qué bien me hizo, Amanda! - dijo a su amiga, tomándola del brazo - creo que esto es lo que necesitaba escuchar. Yo tal vez no sé apreciar todo lo que tengo.

Cuando Rosa llegó a su casa eran cerca de las diez de la noche. Su marido estaba en la cocina. Rosa pensó que iba a recriminarle por la hora a la que llegaba; por el contrario, Juan no le dijo nada y la miró con curiosidad.

- ¿Cómo fue el trabajo hoy? - le preguntó, con timidez, Rosa.

- Como siempre, Rosa, cansador.

Su marido continuó observándola.

- ¿Estás de buen humor? - le preguntó.

- Sí - dijo ella, con una gran sonrisa, acercándole el rostro - dame un beso.

- Bueno…¿qué pasó en el Partido?

- Lo de siempre - dijo Rosa, fastidiada - discusiones…

- ¿Te está cansando? - preguntó él.

- No sé - respondió Rosa - lo que pasa es que nunca entiendo del todo. Me da la impresión de que la política está más hecha para los hombres que para las mujeres.

- ¡Claro que sí - afirmó Juan - no te lo dije yo!

Tomó a su mujer de la mano y la atrajo hacia él; ella lo miró, sorprendida.

- ¿Qué querés que te regale para tu cumpleaños?

- ¿Mi cumpleaños? - preguntó Rosa.

- Sí, falta menos de un mes.

- No sé, lo que quieras.

Juan le pasó su brazo por la cintura.

- ¿Qué te parece si tomamos unas vacaciones?

- Podemos irnos al mar - dijo Rosa, contenta.

- ¡Eso! ¿no estaría bárbaro?

- Bueno, lo hablamos después. ¿Comiste?

- No.

- Entonces te preparo algo de comer - dijo ella, tratando de zafarse del brazo de su esposo.

- En realidad, no tengo mucho apetito… - dijo Juan, impidiendo que ella se alejara.

Juan le empezó a acariciar las nalgas.

- Juan - dijo ella, sin mucha convicción - no me toqués…

Su marido siguió acariciándola y ella a su vez le echó los brazos al cuello y apoyó su cabeza sobre el pecho de él.

- Juan - susurró - hace tanto que no hacemos esto…

- De vez en cuando es bueno…

- Sí…sí.

- Vamos al dormitorio - dijo él, tomándola de la mano y llevándola tras de sí.

Cuando Rosa se levantó a la mañana siguiente, su hijo ya estaba en la cocina, leyendo el diario.

- Hola, hijo, ¿cómo dormiste?

- Como te imaginás…mal…

- ¿Y la Asamblea - dijo Rosa, con cierta ansiedad - cómo terminó?

- Pasó lo peor - explicó Eduardo - nos expulsaron. Expulsaron a toda la sección juvenil del Partido. Desde nuestro punto de vista fue una escisión apropiada, la esperamos durante mucho tiempo.

- ¿Esperaban que pasara eso ayer?

- Sí. Estuvimos varios meses calculando cuál era el momento apropiado para plantear públicamente nuestra diferencia doctrinal con la dirigencia del Partido; de esa manera, al provocarse el enfrentamiento y la reacción de ellos, podíamos polarizar las posiciones y llevarnos una parte considerable de los miembros para formar un nuevo Partido con un programa realmente revolucionario. Y lo conseguimos. Entre la juventud y los mayores nos quedamos con más de la mitad de los miembros.

- Eduardo - dijo su madre, algo herida - no me habías dicho que no estabas de acuerdo con los dirigentes.

- Mamá… - se disculpó su hijo - es que me di cuenta hace tiempo que no estabas a gusto en el Partido…a veces pienso que te forcé a entrar en él.

- No…no es cierto…no me forzaste…lo que pasa es que en aquel momento yo viví cosas nuevas…y después, poco a poco, entendí que eso no es para mí, yo ya soy demasiado vieja, quiero comprender y me esfuerzo por hacerlo, pero no lo logro… Ya es tarde para volver mi vida del revés…ser otra…

Rosa bajó los ojos y se quedó en silencio, triste. Su hijo tampoco dijo nada.

- Bueno… - siguió después - me decías que el Partido se separó…¿y qué pasó con Ricardo?

- Él dirige la fracción que pidió que nos expulsaran - explicó Eduardo - No tenía otra salida. Ese Partido está liquidado, nos llevamos las mejores fuerzas. Quedaron los viejos reformistas, los pacifistas…después de tantos años de lucha el Partido se había deformado, últimamente se parecía a un club social…Sus dirigentes perdieron lo que tenían de revolucionarios. Pero para ellos es un golpe duro, ese Partido no se levanta más.

- Pobre Ricardo - exclamó Rosa, apenada - tantas ilusiones tiradas a la basura, tantos años de trabajo y sacrificio…

- Así es la lucha política, mamá, se lucha por la historia, por el futuro.

- No sé, me da lástima…

Rosa terminó de preparar el café.

- ¿Te sirvo el desayuno? - preguntó a su hijo.

- Sí, mamita.

Momentos después sonó el teléfono.

- Dejá que yo atiendo - dijo a su hijo, levantándose de la mesa y yendo hacia el teléfono - ¿sí, quién es?...

Le extendió el aparato a su hijo.

- …es para vos, Eduardo…habla Medina.

- ¿Medina? - se extrañó Eduardo - ¿a esta hora?...Hola, ¿Medina?...¿cómo estás?, ¿qué pasa… qué…?

Eduardo hizo una mueca de estupor.

- ¿Qué sucede, nene? - preguntó su madre, alarmada.

- …sh…silencio, es algo importante…

- ¡Ay, Dios mío, qué habrá pasado! - exclamó Doña Rosa.

- …bueno, está bien…sí…

Eduardo colgó el teléfono y se quedó inmóvil, con la vista baja.

- ¿Qué pasó, nene?

- Algo terrible - dijo su hijo - una noticia terrible…

- ¿Qué?

- Ricardo… - dijo Eduardo, sin atreverse a terminar la frase.

- ¿Le ocurrió algo?

- Me lo temía…sabía que iba a hacer algo así…

- ¿Tuvo un accidente…o a lo mejor se fue…?

- No…. - dijo Eduardo, haciendo un esfuerzo para continuar - …se suicidó…

Rosa quedó paralizada. Luego su cuerpo se crispó y se sacudió en un llanto convulsivo.

- ¡Ay, Dios mío! - exclamó - ¿por qué, por qué?

- Fue su decisión, mamá - trató de consolarla su hijo.

- No puedo comprenderlo, no puedo…

- No llores más - dijo, muy triste, Eduardo - Ya no tenía fuerza para seguir luchando. Murió en su ley, viejo estalinista…

Una noche, varios días después, Juan llegó del trabajo con excelente humor.

- Rosa… - llamó a su esposa.

- ¿Qué? - dijo ella, sorprendida, al encontrar en su rostro una sonrisa, en lugar de su expresión habitual de cansancio.

- No me vas a creer. ¿Sabés que los muchachos en la fábrica me propusieron como Delegado para la lista que están armando los del Sindicato?

- ¡No! - reaccionó Rosa - Juan…no te metás con esos tipos del Sindicato… son todos unos vendidos, unos corruptos…

- Rosa - trató de convencerla - si uno quiere cambiar algo, lo tiene que hacer desde adentro.

- Una vez que te metés con esa gente, te volvés como ellos - protestó su mujer - ¿cuántas veces lo dijiste?

- Es cierto que lo dije - se justificó su esposo - pero esta es una oportunidad que antes no había tenido. A lo mejor las cosas son diferentes esta vez.

- ¿Te das cuenta? - explotó Rosa - Vos siempre buscando la ventajita, toda la vida fuiste igual.

- Pero no, no te asustés - dijo, tratando de calmarla - no voy a aceptar, para qué, me falta poco para jubilarme, no me quiero complicar la vida.

- Esto es típico, vos sos así, por eso viví la vida que viví, por tener un marido como vos. Otras mujeres llevaron otra clase de vida, las sacaban a pasear, salían de vacaciones, ¿y yo qué?, siempre fregando.

- Pero todavía estamos a tiempo para cambiar, Rosa, podemos disfrutar de nuestra vejez…

Carmen salió del baño, bastante maquillada.

- Me voy a casa de Pedro, mamá - los interrumpió.

- ¿A qué hora volvés, Carmen? - le preguntó su padre.

- No muy tarde. Les tengo que dar una noticia importante.

- ¿Qué noticia? - dijo la madre.

- ¡Adivinen!

- ¡Hija - exclamó Doña Rosa - no me vas a dar un susto!

- No mamá. El mes que viene me caso.

- ¡Hija, qué alegría, qué sorpresa!

- Ese muchacho es bueno, es trabajador - afirmó el padre.

- Ahora andá, hija, dale nuestros saludos a Pedro.

- Chau, hasta luego.

Apenas salió Carmen, su padre suspiró, sosegado.

- ¡Qué suerte, qué tranquilidad!

- Bueno, no es para tanto - dijo Rosa - esa chica vale mucho.

- Pero vos sabés, Rosa, una mujer sola, sin un marido, en estos tiempos…

- Eso es cierto - aceptó Rosa.

- Las mujeres están hechas para la casa.

Rosa miró a su marido con resquemor, pero no le dijo nada.

- ¡Cuándo será el momento en que se case el Eduardo - dijo Juan - así tenemos la casa para nosotros y podemos disfrutar de nuestra vejez!

Rosa dudó un momento.

- ¿El Eduardo? – dijo luego - ¡Qué iluso sos!

- ¿Por qué?

- ¿Pero vos sos ciego?

- ¿ Qué querés decir? - preguntó Juan, contrariado.

- ¿No te das cuenta que a tu hijo no le gustan las mujeres?

- ¿Cómo? - dijo Juan, adelantando su cuerpo hasta casi caer de la silla.

- Todo el mundo lo sabe menos vos. Eduardo es homosexual.

- ¿Homosexual, mi hijo maricón, marcha atrás? - exclamó Juan, a los gritos - ¡Ah no, yo eso no lo quiero, lo echo hoy mismo de casa!

- ¡Pero no seas tremendista! - dijo Rosa, tratando de salvar la situación - Yo ya hablé con él, es un buen muchacho, tierno, comprensivo. Es como es, eso es todo. Ya no es nuestro problema.

- ¿Qué querés decir con que no es nuestro problema? ¿Por qué me lo ocultaste?

- …yo tampoco me había dado cuenta…o no lo quería saber - dijo Rosa - Un día una señora del barrio…no te voy a decir quién es…me vino a hablar. Decía que Eduardo andaba detrás del hijo de ella y que lo iba a denunciar a la Policía.

- ¡Qué vergüenza, Dios mío!

- Vergüenza, sí - asintió Doña Rosa - yo también la sentí. Pensé en hablarte a vos, pero dije: "Juan le va a romper la cara, y con eso no se arregla nada."

- ¡Por Dios que lo mato, lo mato!! - exclamó Juan, fuera de sí.

- ¿Ves como sos? - le reprochó Rosa.

- Es que no me puedo contener.

Rosa guardó silencio un instante y miró a su marido muy seria. Luego continuó.

- Al final me armé de coraje y le hablé. Eduardo se puso a llorar, a él también le daba mucha vergüenza. Me contó todo y me pidió perdón. A mí en ese momento me dio bronca, ¿por qué un hijo mío tenía que estar sufriendo si después de todo no era culpa de él?

- ¿Y de quién entonces?

- De nosotros tampoco.

- Por supuesto que no - dijo Juan, alzando el pecho - Yo siempre he sido bien hombre y a vos te consta. Eso ocurrió porque cuando él era chico vos me decías que no le pegara; si le hubiera dado unos cuantos golpes en la cabeza y unos buenos palos en el lomo a su debido tiempo, hubiera salido derecho. Mi padre lo decía: "si el árbol no se endereza de chico, ya no hay quien lo arregle."

- No es culpa tuya, Juan, ni culpa mía, ni culpa de él tampoco… - dijo Rosa - no sé, uno siente las atracciones que siente…vos sabés como es eso…

- …sí, claro…

- …y después, ¿de qué sirve arrepentirse?

- ¡Yo nunca me acosté con ningún hombre! - aseguró Juan, levantando la voz.

- Yo no digo eso… - trató de aclarar ella - sino que el sexo es…más fuerte que uno…y a veces nos domina…

- ¿Qué me querés decir con eso? - exclamó su marido - Tenés cincuenta y tres años, Rosa…

- …no, no…no lo digo por mí, hablaba en general…La cuestión es que Eduardo…es distinto a los otros…eso es todo…por eso es comunista, porque no le gustan como son las cosas y las quiere cambiar…

- Capaz que se lo inculcaron todo esos comunistas… - protestó él.

- Pero no, Juan, el sexo no se inculca…

- No, claro… - aceptó finalmente su marido.

Juan movió la cabeza hacia un lado y otro.

- …qué cosa, Rosa.

- Decime… - le pidió su mujer, intrigada.

- Me estás contando algo que es muy importante, se trata de nuestro hijo y vos sabés…

- ¿Qué? - preguntó, induciéndolo a que confiara en ella.

- Me da vergüenza confesarlo…

- Quiero saberlo.

- Estoy en un momento de mi vida - dijo Juan - en que siento que las cosas que pasan a mi alrededor me importan cada vez menos….Hasta los problemas de mi hijo me dejan medio indiferente… Será porque tengo sesenta y dos años.

- A mí me va ocurriendo lo mismo - afirmó Rosa, identificándose con su esposo - Es como si nos hubieran ido anestesiando de a poco y ahora somos esto, aunque nos dé vergüenza.

- Solamente me importás vos, Rosa - dijo Juan, enternecido, tomándole ambas manos - Muchas veces he sido bruto y te he tratado mal. Pensaba que estaba bien ser así con la mujer. Era lo que había aprendido, pero sé que estaba equivocado.

- Yo siempre te echo la culpa a vos porque viví la vida que viví, porque no fui distinta. Pero no quiero ser egoísta ni injusta. Eso pasó…no nos dimos cuenta…para qué nos vamos a llenar de rencor…

- Yo también Rosa viví un infierno - dijo su marido - trabajando todos los días en la fábrica, asustado, con miedo a perder el empleo. El capataz siempre nos amenazaba con que nos iba a hacer echar si no producíamos más. Los fines de semana no pensaba en nada, me quedaba la cabeza como vacía, y yo entendía que eso no podía ser, pero… ¿qué otra posibilidad tenía?...yo nací sin elecciones, Rosa, para trabajar a lo burro, y claro, no soy educado ni inteligente como otros, pero hice lo que pude…

- Yo te entiendo, Juan, y te quiero - dijo Rosa - La vida nos pasó por encima. Esto ya no es para nosotros… No sé, tal vez los que empiezan ahora y son más decididos, los jóvenes, puedan vivir de otra manera…tal vez Eduardo…

- Rosa - dijo su esposo, abrazándola - vámonos de vacaciones, aprendamos a disfrutar.

- ¿ Aprender a disfrutar nosotros?

- Sí, no lo supimos hacer antes.

- Juan… - dijo Rosa, mirándolo a los ojos - ¿me querés?

- Sí, te quiero mucho. Te quiero con todo el amor de los treinta años que vivimos juntos, nuestros treinta años de casados.

- ¿Se cumplen el primero de enero, no? - dijo Rosa, con una sonrisa.

- Sí, en año nuevo. ¿Nos vamos al mar, quince días?

- Bueno - aceptó su esposa - Quiero ir a la misma playita donde pasamos nuestra luna de miel.

Juan la abrazó. Rosa recostó su cabeza sobre su pecho y él le acarició el cabello. Se quedaron así por unos instantes. Oyeron que alguien abría la puerta de calle.

- Ahí llega Eduardo - dijo Juan.

Eduardo entró apresuradamente; estaba agitado.

- Hijo, ¿qué pasa? - dijo Doña Rosa.

- ¡Grandes noticias!

- Contanos…¿qué?

- Mañana iniciamos la huelga - dijo Eduardo.

- ¿En la fábrica? - preguntó su padre, sorprendido.

- Huelga de todos los metalúrgicos. Formamos un comité de lucha. El Sindicato se la va a tener que aguantar. La propuesta acaba de ser votada y aprobada por el Comité General de Resistencia. Tenemos nuestros propios delegados, por fuera del Sindicato. Pedimos seguro obligatorio contra accidente, pensión de por vida a los accidentados discapacitados, atención médica y hospitalaria gratuita para los obreros y sus familias, 20 % de aumento de salarios, eliminación del control de tiempo. ¡Y la vamos a ganar! ¡En contra de los vendidos del Sindicato! Nuestro nuevo Partido va a la cabeza, somos la vanguardia de esta huelga. Los camioneros ya dijeron que se pliegan con nosotros, no transportan una sola chapa mientras dure el paro. ¿No están contentos?

- Sí, hijo, sí - aseguró su padre.

- Cuando veo tu entusiasmo - dijo, bondadosa, Doña Rosa - yo me pongo como una chica de nuevo, y me lleno de fantasías. No sé, alguna vez las cosas van a cambiar, y Uds., los jóvenes, tendrán una vida mejor que la que tuvimos nosotros.

- Sí, mamá - dijo Eduardo - pero eso lo tenemos que lograr con nuestro esfuerzo, nadie nos va a dar nada. Hay que luchar.

- Sí, hijo - aceptó Doña Rosa, levantándose - Vamos a acostarnos, viejo.

- Sí, vamos Rosa - dijo su esposo - Hasta mañana, Eduardo.

- Hasta mañana - los despidió.

La columna de obreros se encaminó hacia la fábrica.

- Vamos, muchachos - dijo Eduardo, poniéndose al frente y estimulando a sus compañeros - hay que apurarse. Levanten los cartelones.

Los obreros estiraron un cartel que habían confeccionado con una sábana. Otros levantaron pancartas individuales de cartón.

Dos obreros se acercaron corriendo a la columna.

- La cana ya está en frente de la fábrica - dijo uno, agitado.

- ¡Y qué cana!... - exclamó el otro, asustado - Los de la montada, los escuadrones.

- No tengan miedo - dijo Eduardo, tratando de darles coraje - ya sabemos como hay que hacer para espantar los caballos. Avancemos formando cordones, tomados de los brazos.

- Tenemos que llegar al frente de la fábrica como sea y cerrar la entrada - dijo un obrero - No vamos a permitir que ningún carnero trabaje.

Los obreros se tomaron de los brazos y formaron varios cordones que iban de vereda a vereda.

- Caminen un poco más rápido, muchachos - dijo un obrero de cabello canoso, que iba junto a Eduardo - Empecemos a cantar nuestras consignas. Cholo, levanten más el cartel que dice: "¡Viva la vanguardia obrera! ¡A romper con la burguesía!"

Los cordones de obreros, con sus brazos sólidamente enlazados, avanzaron a paso largo. Pardán, el obrero canoso que iba junto a Eduardo, gritó las primeras consignas de la huelga:

- ¡Abajo la Patronal! ¡Sin contrato no hay trabajo!

Varios las repitieron a voz de cuello.

- ¡Queremos aumento de salario! - gritó Pardán.

- ¡Se va a terminar el hambre del pueblo! - dijo Eduardo.

Los trabajadores voceaban las consignas sin dejar de avanzar.

- Cantemos, muchachos - dijo Eduardo .

¡La huelga ha comenzado,

unidos venceremos,

abajo los patrones,

que vivan los obreros!

Un obrero joven llegó corriendo.

- Eduardo - dijo, agitado - El Pelusa avisó que la policía a caballo nos está esperando frente a los portones de la fábrica, y que van a tratar de encerrarnos en la esquina de Laprida y Ensenada.

Eduardo detuvo la marcha.

- Bueno, muchachos - dijo Pardán - Si se nos vienen encima, nos separamos a un metro uno del otro. Tratamos de espantar a los caballos agitando las camperas y los pulóveres enfrente del hocico de los animales. No se dejen arrinconar contras las paredes. Todos nosotros vamos a quedarnos a hacerles frente por unos minutos, excepto los dos últimos cordones de la marcha, que se irán hacia la cortada Vespucio para tratar de llegar a la puerta de servicio de la fábrica; una vez que estén allí, entran, van a la puerta principal, la cierran y se parapetan bien adentro. Si hieren a algún compañero con los sables, lo llevamos a la enfermería que está preparada en la casa de Valoud. Al herido lo acompaña solamente uno, nunca dos.

Todos asintieron y retomaron la marcha. Anduvieron una cuadra y doblaron: frente a ellos, a unos ciento cincuenta metros, aparecieron los portones y las rejas de la fábrica. Los escuadrones estaban formados en hilera.

- Mirá, Eduardo, ahí los tenés - le dijo Pardán - Están esperando la orden para atacarnos.

- A cantar, muchachos - gritó Eduardo, arengando a sus compañeros, antes de recorrer el último tramo que los separaba de la fábrica - para que se les frunza el culo también a ellos. Que sepan que se las van a tener que ver con los trabajadores organizados. No necesitamos resistir mucho, sólo cuatro o cinco minutos para darle tiempo a los nuestros a que lleguen a la puerta de servicio de la fábrica. Mientras tanto, nosotros los mantendremos ocupados a los escuadrones. Una vez que el grupo de los nuestros esté seguro adentro, a correr y escaparnos también nosotros. Nos desbandamos como está previsto y nos encontramos en lo de Pardán. Allí vamos a organizar grupos para introducirnos por turnos en la fábrica e impedir que haya carneros trabajando. Controlaremos la planta.

Llegó un obrero corriendo.

- En la esquina de Quintana está Miranda en una pick up con varios muchachos armados de garrotes - les dijo - Esperan la orden nuestra para meterse y atacar a los escuadrones si la cosa se pone muy fea.

- Muy bien - dijo Eduardo - En caso que los policías empiecen a cortar con los sables, los mandamos llamar; si ellos nos cortan, también nosotros nos daremos el gusto de romper unas cuantas cabezas. Ahora, ¡adelante, muchachos!

Se tomaron con fuerza de los brazos y, lentamente, fueron caminando hacia los portones de la fábrica, adonde estaban formados los escuadrones.

Eduardo fue el primero en vocear las consignas y los otros obreros, enseguida, las repitieron.

- ¡La clase obrera al frente,
la huelga se ha largado,
que tiemblen los burgueses,
viva el proletariado!

El canto se hizo duro en las gargantas y les fue dando coraje para seguir avanzando.

Nueva York, 1981.

9 781662 901393